オール1の落ちこぼれ、教師になる

宮本延春

角川文庫 15803

オール1の落ちこぼれ、教師になる

本書は、子供《こども》たちにもぜひ読んでほしいと思っています。
そのため、小学校5年生以上で習う漢字には、読みがなをつけました。

人の評価《ひょうか》とは何なのでしょうか？

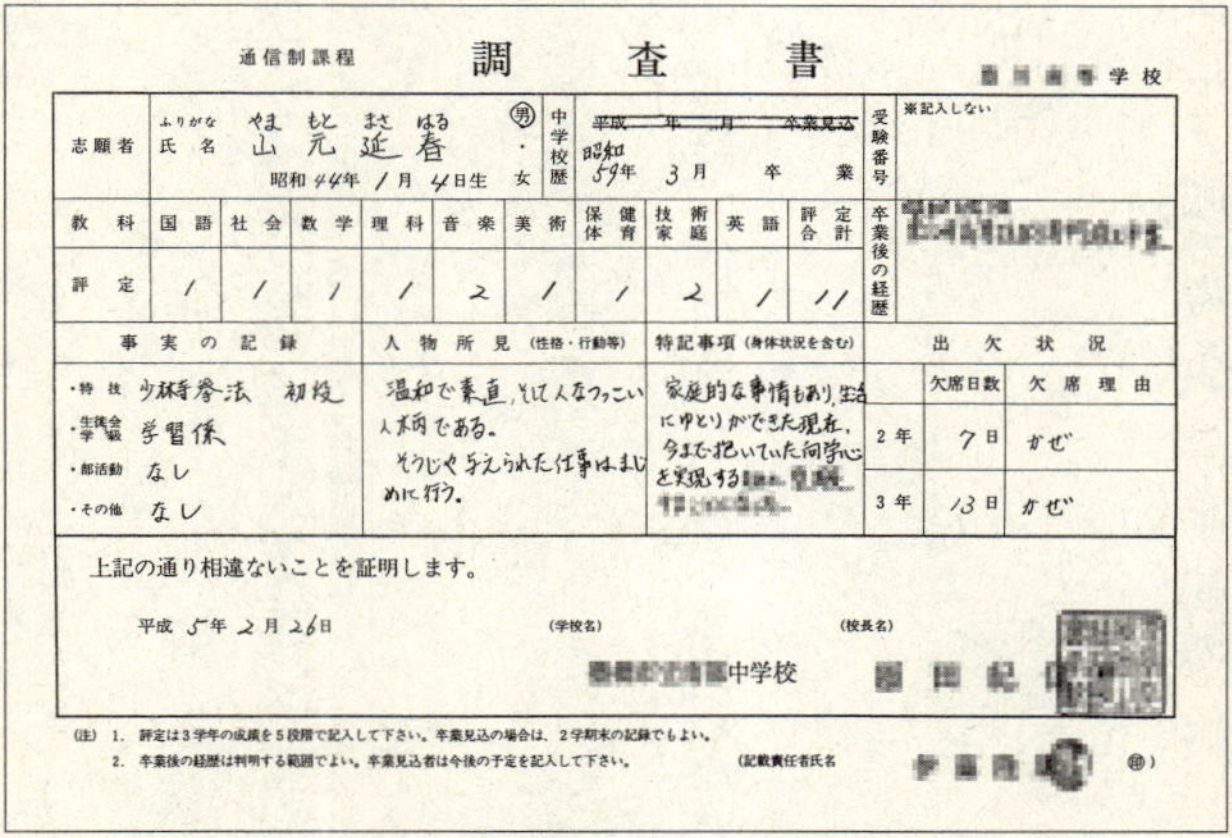
通信制課程　調査書　[redacted]学校

志願者	ふりがな やま もと まさ はる 氏名 山元延春 昭和44年1月4日生	男・女	中学校歴	~~平成　年　月　卒業見込~~ 昭和59年3月　卒業	受験番号	※記入しない

教科	国語	社会	数学	理科	音楽	美術	保健体育	技術家庭	英語	評定合計	卒業後の経歴
評定	1	1	1	1	2	1	1	2	1	11	[redacted]

事実の記録	人物所見（性格・行動等）	特記事項（身体状況を含む）	出欠状況		
				欠席日数	欠席理由
・特技　少林寺拳法　初段 ・生徒会学級　学習係 ・部活動　なし ・その他　なし	温和で素直、そして人なつっこい人柄である。 そうじや与えられた仕事はまじめに行う。	家庭的な事情もあり、生活にゆとりができた現在、今まで抱いていた向学心を実現する[redacted]	2年	7日	かぜ
			3年	13日	かぜ

上記の通り相違ないことを証明します。

平成5年2月26日　（学校名）[redacted]中学校　（校長名）[redacted]

（注）1. 評定は3学年の成績を5段階で記入して下さい。卒業見込の場合は、2学期末の記録でもよい。
2. 卒業後の経歴は判明する範囲でよい。卒業見込者は今後の予定を記入して下さい。　（記載責任者氏名　[redacted]　印）

中学校卒業時の成績表《せいせきひょう》。音楽と技術《ぎじゅつ》だけ2だった。

目次

撮影協力／『女性自身』編集部
撮影／高野　博

はじめに

私《わたし》は三十六歳《さい》で初めて高校の教壇《きょうだん》に立った、新米教師《きょうし》です。

他人からすれば遅咲《おそざ》きで遠回りの人生に思うかもしれませんが、私にはその自覚がありません。むしろ教師になるために大切な時間だったと思います。そもそも私は、教師になるような健康で勤勉《きんべん》な生活とはまったく無縁《むえん》の小中学生時代を送っていた、いわゆる〝落ちこぼれ〟だったからです。

なにしろ、中学一年の最初にもらった成績表《せいせきひょう》には、すべての科目に1と付いていたのですから……。

〈国・数・理・社・英・音・体・技《ぎ》・美〉のすべての下に1が並《なら》んでいました。

俗《ぞく》に言う〝オール1〟です。

しかも、そのことで危機感《ききかん》を持つようなこともまったくなかった。何のために勉強をしなくてはならないのか、その理由が見つけられない私《わたし》にとって、勉強は苦痛《くつう》以外の何ものでもなかったのです。だから1の行列にもショックはありませんでした。

勉強嫌《ぎら》い、学校嫌いは小学校低学年のときから始まりました。

その原因《げんいん》のひとつは友達の〝いじめ〟です。

もともと無口で気が弱く体も小さい上に、家の引っ越《こ》しで転校を繰《く》り返していたので、行く先、行く先の学校で、恰好《かっこう》のいじめの対象にされました。

筆箱やノートや上履《うわば》きを隠《かく》され、男の子には蹴《け》られ、殴《なぐ》られ、足に画鋲《がびょう》を刺《さ》されもしました。それどころか女の子にすら、

「言うことときかんとビンタするよ」

と脅《おど》されて何も言い返せない典型的な〝いじめられっ子〟でした。いつも校《こう》

舎《しゃ》の裏《うら》でひざを抱《かか》えて泣いていたのを思い出します。

こんな毎日では学校を好きになれるはずがないし、勉強が手につくはずもありません。授業《じゅぎょう》が分からなくても先生に質問《しつもん》するほどの度胸《どきょう》もないから、ますます分からなくなるし、だいいち、勉強をして何になるのか、どんな意味があるのかと思っていたので、先生に質問する気すら持たなくなり、そのうち不登校をくりかえすようになりました。

昼間でも暗い部屋にいつも引きこもっていました。そんな私を見て、短気な父が突然《とつぜん》ものすごい形相でふすまをバシッ！　と開け、

「どうせ勉強しないなら、教科書も何もいらんな！」

と、いきなり教科書からランドセルまで、学校に関《かか》わる物すべてを私の目の前で火を付けて燃《も》やしてしまったことさえありました。さすがに突然のことで仰天《ぎょうてん》しましたが不思議なことに教科書が燃えるのを見ても心は平然としていました。

中学生になっても事情《じじょう》は変わりませんでした。それどころか、いじめは日々エスカレートするし、勉強嫌《ぎら》いはいっそう確固《かっこ》たるものになりました。九九や分数が分からないのに、方程式《ほうていしき》のxやyに出てこられては、もう死んだふりをするのがやっとという感じで、今やっている授業《じゅぎょう》が数学なのか英語なのかの区別もつかなくなりました。

そんな中学生でしたから、成績《せいせき》が最低のオール1というのも当然です。

「どうせ、僕《ぼく》は頭が悪いのだ」

そう開き直っていました。クラスの友人からも、

「お前は学校で一番のバカだ」

と何度となく言われるたびに私《わたし》自身もそれがあたりまえになってしまったのです。そんな開き直ったままの三年間でしたから、卒業するときの成績も、わずかに音楽と技術《ぎじゅつ》が2になっただけで、あとはすべて1でした。

中学を卒業したときの学力は、国語の漢字は自分の名前が書けるだけ、数学は九九が二の段《だん》までしか言えず、英語はｂｏｏｋしか書けないというひどい状《じょう》態《たい》でしたから、担任《たんにん》の先生から、

「こんな成績で行ける高校はないな」

とあっさり見放され、就職《しゅうしょく》へと引導《いんどう》を渡《わた》されてしまいました。就職は、物を作ることが好きだという理由だけで「大工の道」を選択《せんたく》し、工務《こうむ》店《てん》の見習い小《こ》僧《ぞう》になりました。

ともかく、これでやっと学校という苦痛《くつう》の場から逃《のが》れることができるとホッとしたのですが、それも束《つか》の間《ま》、私を待っていたのは、学校でのいじめなどとは比《ひ》較《かく》にならないほどの更《さら》なる苦労なのでした。

就職した工務店でも無口で気が弱い私は〝いじめ〟にあいました。血の気の多い男たちの世界ですから、少しでも間《ま》違《ちが》ったり、段取りが悪いと、

「何やってんじゃ」

と物が飛んでくるし、それどころか、

「頭が悪い、しっかり覚えろ！」

と金づちの柄《え》で頭を叩《たた》かれることもありました。

人生の不幸は続きました。

中学を卒業した翌年《よくとし》、私《わたし》が十六歳《さい》のときに母が病気で亡《な》くなりました。私は一人っ子で兄弟はなく、親戚《しんせき》もいませんでしたから、病気の父と二人で暮《く》らし、家計を助けるために必死に働く毎日でしたが、十八歳のときに、その父も病気で亡くなってしまったのです。

私は天涯孤独《てんがいこどく》の身となり、生活のすべてを自分一人でまかなっていく必要に迫《せま》られました。世の中で誰《だれ》も助けてくれない〝落ちこぼれ〟になってしまいました。

職《しょく》を何度も変え、生きていて何が楽しいのかと悶々《もんもん》としつつ、筆舌《ひつぜつ》に尽《つ》くしがたい不安や絶望《ぜつぼう》に襲《おそ》われたのは一度や二度のことではありませんでした。

しかし――、人生は悪いことばかりではないのです。生きていれば、いつか良いことがあるものです。

二十三歳のとき、転機が訪《おとず》れました。

それは、アインシュタイン博士との出会いです。

たまたま借りたビデオに、相対性理論《そうたいせいりろん》を一般向《いっぱんむ》けに解説《かいせつ》した番組が録画されていたのです。

目からウロコが落ちるとは、こういうことを言うのでしょうか。その九十分のビデオが、私の世界を見る目を一変させたのです。普段《ふだん》は何も感じずに接《せっ》していたこの世界が、実に厳密《げんみつ》な原理に従《したが》って動いているということを知って、震撼《しんかん》させられたのです。

九九もできない男が相対性理論に感動するなんてありえない、と思う人がいたとしてもそれは当然でしょう。しかし、感動してしまったのです。私《わたし》の中で何かが劇的《げきてき》に変わった。それは奇跡《きせき》としか言いようがない出来事でした。この劇的体験をきっかけに、物理学に興味《きょうみ》を持つようになり、本屋で物理学のやさしい入門書を買ってきて、漢字の読めない私は、国語の辞書を片手《かたて》にむさぼるように読むようになりました。そのうち、ついに、物理学を本格的《ほんかくてき》に学びたいという気持ちになったのです。

そして直ちに実行に移《うつ》しました。

成績《せいせき》がオール1で中卒である自分の学力のなさは承知《しょうち》していましたから、まずは、「小学三年のドリル」を購入《こうにゅう》してきて独学《どくがく》で勉強を始めました。工務《こうむ》店《てん》の仕事から疲《つか》れて帰ってきてから深夜までもくもくと勉強しました。二十三歳《さい》の男が「小学三年のドリル」を一ページ、一ページめくりながら勉強を始めた。誰《だれ》が見ても変な感じがすると思います。

でも私は真剣《しんけん》でした。

人間とは不思議なもので、あんなに嫌《きら》いだった勉強が、『目標』を持ったとたんに楽しくなったのです。

そして翌年《よくとし》、二十四歳で地元の私立《しりつ》豊川《とよかわ》高校の定時《ていじ》制《せい》に入学し、働きながら夜間、学校に通うことになりました。

しかし、アインシュタインに触発《しょくはつ》された私の目標は、あくまでも物理学を本格的に勉強することだったので、高校に入学しただけで満足してはいられませんでした。大学進学を目標としていっそう勉強に励《はげ》みました。それも超難関《ちょうなんかん》の国立大学の合格を目指して――。

けれども、定時制から理工系《りこうけい》の、しかも国公立の大学に進学したなんてことは前例がないと、周囲の人たちは誰もが本気にしませんでした。

「国立大学なんて夢《ゆめ》や、相変わらず現実《げんじつ》を知らん」

なんて言われ続けました。

それでも三年後、目標としていた難関《なんかん》の名古屋大学理学部へ現役《げんえき》で合格《ごうかく》することができたのです。このとき私《わたし》はすでに二十七歳《さい》でしたが、さらに大学院にまで進学して、存分《ぞんぶん》に物理学と触《ふ》れ合う九年間を大学の研究室ですごすことができました。

私が現役で国立大学に合格できたことは、迷走《めいそう》をくりかえしていた私の人生の「オール1の落ちこぼれ」である前半生からは考えられない、目くるめくような出来事でした――。

そして、今度は私が教師《きょうし》になって、未来ある生徒とともに「勉強することの喜び」を教えてあげたいと思い始めました。

私がたどった人生コースは変則的《へんそくてき》なコースであり、たぶん教師としても変則的な教師でしょう。しかし、学歴重視《じゅうし》の日本で一人くらい〝オール1の落ちこぼれ〟だった教師がいたっていいではないですか。

私は、いじめ、落ちこぼれ、引きこもり、すべての気持ちが分かる教師です。
そして勉強嫌《ぎら》いの生徒の気持ちも分かります。
なぜつまずくのか？ なぜ集中できないのか？
なぜなら、私も落ちこぼれで成績《せいせき》が最低のオール1だったのですから……。
それともう一つ。人を評価《ひょうか》することは難《むずか》しいということを知っています。
どんなに勉強ができない子供《こども》でも輝《かがや》かしい可能性《かのうせい》があることも知っています。
ちょっとした〝キッカケ〟があれば誰《だれ》でも頑張《がんば》れる！
これは私がこれから伝えたいことです。

第一章　オール1の落ちこぼれ先生

オール1先生の授業《じゅぎょう》

「なんで先生になれたの」

私《わたし》が教師《きょうし》としてデビューしたのは、愛知県の私立《しりつ》豊川高校です。ほかでもない、私に勉強することの楽しさ、厳《きび》しさを教えてくれた私の母校であります。

普通科《ふつうか》に定時制《ていじせい》と通信制を併《あわ》せ持った男女共学の高校です。

そこで私は数学を担当《たんとう》しています。

毎年、期待と不安に満ちた新入生と教室で初めて顔を合わせるとき、必ずやることがあります。
《授業中にやってはいけない約束事》
というプリントを全員に配るのです。そこには、
①授業に必要なもの以外は机《つくえ》の上に出さない
②携帯《けいたい》電話の電源《でんげん》はオフにする
などという常識的《じょうしきてき》な約束事につづけて、最後に、
③できないと諦《あきら》めないこと！
と、教師としての私の思いを訴《うった》えています。

〈やればできるから、諦めないで頑張《がんば》れ！〉

しかし、こんなスローガンだけでは、実際《じっさい》は何の説得力もありません。

すでに中学で数学に挫折《ざせつ》し、その苦手意識《いしき》を引きずったまま高校へ入ってくる生徒もいれば、初めから数学を受け付けない、数学アレルギーの生徒もいます。そこで私は、

「数学の先生に、やればできるから頑張《がんば》れって言われても、そりゃ先生は数学の先生だからできて当たり前だけど、自分には無理、そう思っている人はいないか。俺《おれ》が生徒ならそう思うけどな。まあ、今から少し勇気の出る話をするから、よく聞くように！」

そう言って黒板に、

〈国・数・理・社・英・音・体・技《ぎ》・美〉

と書き、その全《すべ》ての下に「1」と書き加えるのです。

「これが何だか分かるか？」

「……………」

生徒たちは、何を言いたいのだろうと、きょとんとしています。

「俺が中学一年のときの成績《せいせき》だよ。オール1だ！　見たことないだろう」

この言葉に教室は一瞬《いっしゅん》どよめくが、緊張《きんちょう》は一気にほぐれ、生徒たちは思い思いに素直《すなお》な気持ちを言葉にしてくれます。

「えーっ、うそ！」

「なんで先生になれたの」

「俺のほうが頭いいじゃん」

「私《わたし》のほうが成績いいよ」

ここで私はこう言います。

「このクラスには、俺より成績の悪い生徒は一人もいない。俺より馬鹿《ばか》な落ちこぼれは一人もいない。ということは、俺よりみんなのほうがずっと優秀《ゆうしゅう》ということだ。少なくとも俺が十六歳《さい》のときより、みんなのほうが遥《はる》かに賢《かしこ》くて可《か》能性《のうせい》が大きいということだな」

「じゃあ先生は、中学で頑張って勉強したの？」

「その質問《しつもん》に答える代わりに、中学の最後にもらった成績も書いてみよう。これも驚《おどろ》くぞ！」

そう言って、音楽と技術《ぎじゅつ》の下に「2」と書き、それ以外の教科の下には

「1」と書きます。

「…………」

「なにー、先生ってマジ馬鹿《ばか》じゃん」

「それで高校行けたんですか」

絶句《ぜっく》する生徒、次々と質問《しつもん》してくる生徒、さまざまな反応《はんのう》が返ってきます。

「中学を卒業したときの俺《おれ》の学力がまた凄《すご》いぞ。数学は九九が二の段《だん》までしか言えない、英語はｂｏｏｋしか書けない、漢字は自分の名前しか書けない。どうだ、見事な成績《せいせき》だろう。自慢《じまん》じゃないが、一番の落ちこぼれだよ」

そう言いながら、これまで私《わたし》がたどってきた経緯《けいい》を話し始めるのです。

どうして、自慢にならないこんな落ちこぼれの過去《かこ》を生徒に明かすのか。その理由はいくつかあります。

自己紹介《じこしょうかい》を兼《か》ねて、私という人間に親近感を持ってもらうこと。

オール1という成績でも、目標を持って頑張《がんば》れば人生が変わるということを分かってもらうこと。

そして、この人なら勉強の嫌《きら》いな自分の気持ちを分かってくれるかもしれないと思ってもらうこと。

まず生徒とのあいだに信頼《しんらい》関係を少しでも築《きず》くための企《くわだ》てなのです。

信頼の言葉

教育とは教え育てる（育てられる）と書きますが、これは簡単《かんたん》なことではありません。途方《とほう》もなく難《むずか》しい営《いとな》みです。

パソコンのゲームのように誰《だれ》がやっても同じ反応をする機械を相手にしているのではなく、血の通った生身の人間を相手にしているのですから。生徒と教《きょう》師《し》は、お互《たが》いに心を持った人間であり、感情《かんじょう》を持った人間です。そんな生身の人間同士の触《ふ》れ合いを通じて、教育は成り立っていくのです。

私も「オール1で落ちこぼれ」の生徒のとき、先生に相談もできない状態《じょうたい》でした。それは今から考えれば私《わたし》のほうから先生に対して、「信頼《しんらい》」がたりなかったのかと思います。

人間同士の触《ふ》れ合いで一番大事なのは、この「信頼関係」です。利益《りえき》を追求する企業《きぎょう》社会でだって、根底に信頼関係がなければ経済《けいざい》活動は正常《せいじょう》に機能《きのう》しません。ましてや、教師《きょうし》と生徒の関係は、お互《たが》いに相手を信頼する気持ちがなければ、心の通った触れ合いは絶対《ぜったい》に出来ません。

しかし、これは無条件《むじょうけん》に与《あた》えられるものではありません。生まれたばかりの赤ん坊《ぼう》や幼《おさな》い子供《こども》は親や大人を無条件で信頼しますが、高校生ともなると、教師というだけでは最初から信頼してはくれません。教師が〝聖職《せいしょく》〟と言われ、先生というだけで尊敬《そんけい》された時代は、もうとうの昔に去ったのです。

教師になった今、思うのは、生徒の信頼を得るには、教師のほうから働きかける努力が必要だということです。

毎日の挨拶《あいさつ》や何気ない一言、授業《じゅぎょう》での対応《たいおう》や教科の指導《しどう》、場面に応じて褒《ほ》めたり叱《しか》ったりするタイミング……そういう日常《にちじょう》の気配りの積み重ねの中から、少しずつ信頼感が育っていくのです。

そして、この信頼があってこそ、初めて私の言葉が相手に届《とど》くのです。言葉は、信頼の上に立ってこそ、言葉の本当の力を発揮《はっき》できるのです。


幼いころからいじめの〝標的〟にされていた私は、心を開ける相手がずっといませんでした。誰《だれ》も信頼していないから、誰の言葉も右から左、馬耳東風《ばじとうふう》でした。心を開ける相手を見つけたのは、両親と死別し、大工もやめてフリーターをしながら迷走《めいそう》していたときでした。バンドをやっている仲間と知り合い、私も音楽に熱中するようになったのです。そこで初めて、信頼できる人たちに巡《めぐ》り合い、私も素直《すなお》に心を開けるようになりました。人の言葉が私の心に届《とど》くのを感じるようになりました。

音楽に熱中しすぎて仕事もせずに食うや食わずの生活を送っていたときでも、

私《わたし》がどんな気持ちで音楽に接《せっ》しているのか、それを理解《りかい》してくれる人、私が信《しん》頼《らい》している人の言葉は、たとえ厳しくても心に届《とど》いてきました。

逆《ぎゃく》に、私のことを何も理解していないと思える人の言葉は、どんなに説得力があるような言葉でも、少しも響《ひび》いてこないのです。

『青春デンデケデケデケ』という映画《えいが》がありました。ロック音楽に熱中して三年間をすごした四国の高校生たちの話です。彼《かれ》らの生活といえば、食うや食わずのフリーターだった私とは天と地ほども境遇《きょうぐう》は違《ちが》っていましたが、音楽に取りつかれた青春には共感を覚えました。そして、まだ珍《めずら》しかったロック音楽にそれとなく理解を示《しめ》し、それとなく応援《おうえん》してくれる英語教師《きょうし》の存在《そんざい》に、私はジーンときました。

これこそ「信頼」でした。生徒も教師も、心底から理解し合っていたのです。

映画はさらに、音楽活動を卒業した主人公が同級生のバンド仲間たちに叱咤激《しったげき》励《れい》されて勉強し、東京の大学へ受験に向かうところで終わります。教師とも同級生とも、厚《あつ》い信頼関係で結ばれた、実に羨《うらや》ましい高校生の青春でした。

そこへいくと、いじけた環境《かんきょう》で育った私は、人を信頼し、信頼されるということを知るまでに、ずいぶん屈折《くっせつ》した道をたどりました。他人に対する警戒心《けいかいしん》が強くて、なかなか相手を信用することのできない人間でした。その分、相手は自分を信頼してくれているかどうかを見分けることに非常《ひじょう》に敏感《びんかん》になりました。

実は、今の高校生たちも、同じなのです。こいつは自分のことを真剣《しんけん》に考えてくれる人なのか、そうでないのかを、敏感に感じ取ります。それだけの嗅覚《きゅうかく》をもって教師を品定めしている、と言ってもいいかもしれません。上辺だけでおざなりに対応《たいおう》すれば、すぐに見抜《みぬ》きます。そして、一度見切りをつけられてしまうと、それを覆《くつがえ》すのは並大抵《なみたいてい》のことではありません。

教師は生徒の気持ちを正確《せいかく》に知ることで適切《てきせつ》な対応ができ、効果的《こうかてき》な教育や指導《しどう》を実践《じっせん》することができますが、生徒の正確な気持ちは、生徒自身が語ってくれなければ分かりようがありません。だから、生徒が自分の気持ちを正直に話すことができるような環境《かんきょう》をまず作ること、信頼《しんらい》関係を築《きず》くことが、教師《きょうし》が最初にしなければならないことなのです。

上辺だけの関係で、本音がひとつもない、たてまえだけの教育をごり押《お》していけば、きっとどこかで破綻《はたん》します。いつかは生徒に裏切られます。全《すべ》てが本音でなくてもいいのです。上辺の中に少しの本音があれば、それで十分なのです。

しかし、本音で生徒と向き合うということは、帳簿《ちょうぼ》の整理をするように事務《じむ》的《てき》に処理《しょり》できることではありません。生身の人間が生身の人間を教育している以上、その方法は千差万別《せんさばんべつ》であり、王道はありません。別の言い方をすれば、正解《せいかい》はひとつとは限《かぎ》らないのです。生徒がこう出てきたときには、このパターンで対応《たいおう》し、こんなときには、あれを出す、というような画一的なノウハウがあるわけではなく、生徒が十人いれば、同じことを言っても感じ方は十通り、一人ひとりの生徒に即《そく》して対応していかなければなりません。生徒と話し合うときも、一人ひとりその生徒の個性《こせい》に合った言葉を選ぶ必要があります。

このように考えると、信頼関係を築くということは、教師の想像力《そうぞうりょく》と適切《てきせつ》な判断《はんだん》が常《つね》に求められているということなのです。

特別扱《あつか》い

私《わたし》が教えた生徒の中に、こんな生徒がいました。

彼《かれ》は一年の一学期は、数学九十点台を維持《いじ》して授業《じゅぎょう》中の態度《たいど》も悪くなく、どちらかというと優秀《ゆうしゅう》な生徒でした。

ところが、夏休みのあいだに、どうも学校への関心が薄《うす》れたらしく、二学期はほとんど欠席という状態《じょうたい》になってしまいました。二学期の後半になって、やっと渋々《しぶしぶ》学校に出てくるようにはなりましたが、授業中の私語《しご》も多く、一学期とは別人みたいな、投げやりな高校生になっていました。

当然、二学期の成績《せいせき》はひどいもので、それに比例《ひれい》して、ほとんどの教科で補《ほ》習《しゅう》や課題を次々と課され、それはハンパな量ではありませんでした。でも、彼《かれ》にはそれを引き受ける気力がない。溜《た》まったツケを先送りして、だらだら毎日をすごしているだけです。私《わたし》は彼の顔を見るたびに、

「このままだらだらやっていても意味ないだろう、二年生になるつもりがあるなら早く課題を出せ！」

「どこまでできた？」

「いつなら提出《ていしゅつ》できる！」

と口を酸《す》っぱくして叱咤《しった》していました。恐《おそ》らく全《すべ》ての教科担任《たんにん》から同じことを言われていたと思います。

三学期の学年末試験が近づき、このままでは二年生になれないというところまで追いつめられたときに、やっとやる気になりました。しかし溜まりに溜まった課題は膨大《ぼうだい》な量であり、とても終えるメドが立ちません。

沈《しず》んでいる彼の顔を見て、せっかくやる気になった姿勢《しせい》を無駄《むだ》にしてはいけない、今がタイミングだと私は判断《はんだん》して、声をかけました。

「もうすぐテストだ。期末テストに向けた課題に差し替《か》えて補習をするから、授業《じゅぎょう》後に教室に残れ。一緒《いっしょ》に頑張《がんば》るぞ！」

放課後の教室で彼を励《はげ》ましながら、一日三時間程度《ていど》の補習を一週間つづけました。

この補習の日々、彼は本当によく努力しました。私は彼に、やればできるということを教えたかったのです。努力すれば人は変われるということを伝えたかったのです。

彼のように、ここまでだらけてしまった生徒は少数ですが、私は特別扱《あつか》いすることなく、基本的《きほんてき》な姿勢を崩《くず》すことなく彼と接《せっ》し、悪いところは叱《しか》り、良くできたときには褒《ほ》めてやり、心をこめて一緒に勉強しました。

この「特別扱い」は教育ではしてはいけないことですが、「勉強ができる生徒」、「勉強ができない生徒」とどうしても意識《いしき》の中で分けてしまう。私《わたし》が落ちこぼれでオール1のときもなにか先生からも、まわりの生徒からも「特別扱《あつか》い」されていた気がします。それは私自身も私を「特別扱い」していたのです。

一年生最後の授業《じゅぎょう》のときに皆《みんな》から提出《ていしゅつ》してもらった感想文に、彼《かれ》はこんなふうに書いていました。

〈1年の1学期は数学が楽しかった。だけど、2学期からぜんぜんダメダメでした。夏休み気分でずっといたから学校も行かなくて、テスト範囲《はんい》も分からなくてダメだった。3学期に追いつめられてやっとやるようになった。宮本先生が教えてくれたおかげで赤点にはなりませんでした。本当にありがとうございました。宮本先生は俺《おれ》のことをちゃんと考えてくれて、本当に感謝《かんしゃ》しています。一年間ありがとうございました。課題が遅《おく》れてすみませんでした〉

「課題が遅れてすみませんでした」。この一言に、今までは勉強や課題から逃《に》げようとばかりしていた彼の成長を、私は感じるのです。昨日より今日、今日より明日へと日々成長している子供《こども》たちを相手にしていると、こういった生徒の成長をどうしても落ちこぼれでオール１のときの私と比《くら》べてしまうのです。

答えを教えない教え方

私が教科指導《しどう》で心がけていることに、大きく分けて二つの基本方針《きほんほうしん》があります。

①考える力を養う
②落ちこぼれを作らない

この二点です。これはあたり前のようなことですがとても重要なことです。

「考える力を養う」とは、自分で問題を解決《かいけつ》する力を養うということです。数学の問題に限《かぎ》らず、人間は生きていればさまざまな試練や災難《さいなん》に直面することは避《さ》けられません。そういうとき、

「どうするべきなのか」

と正しい対処法《たいしょほう》と進むべき道を判断《はんだん》する能力《のうりょく》が「考える力」です。直面した状況《じょうきょう》を分析《ぶんせき》し、解決《かいけつ》に導《みちび》く可《か》能性《のうせい》を判断する力です。この力はどうやってもたらされるのでしょうか。ここがキーポイントです。どのような判断を下すのであれ、そこには論理的《ろんりてき》・合理的な思考が必要なのです。つまり、考える力の基礎《きそ》は、論理的・合理的思考なのです。

ところが、この論理的・合理的思考は、ある日突然《とつぜん》に身につくものではありません。与《あた》えられた範囲《はんい》内で最善《さいぜん》の方向を見極《みきわ》める訓練や練習を重ねた上で身につくものなのです。野球選手がどんなゴロでも処理《しょり》できるようになるために、千本ノックで鍛《きた》えられるのと同じです。何事も、基礎には訓練がつきものなのです。

その訓練の一つが学校の勉強になるわけですが、特に数学や理科などは、積み重ねの上に成り立つ科目なので、途中《とちゅう》参加で理解《りかい》できるものではありません。つまり、今知りたい内容《ないよう》を理解するには、それ以前に分かっていなくてはいけ

ないことが明確《めいかく》にあるのです。その前段階《ぜんだんかい》の知識《ちしき》が欠けていると、

「どこが分からないのか、分からない」

「分からないから、つまらない」

「つまらないから、やりたくない」

という悪循環《あくじゅんかん》に陥《おちい》っていくのです。それは落ちこぼれのときの私《わたし》と同じです。

そこで私は、

「それぞれの生徒の分かるところから始める」

という授業《じゅぎょう》に徹《てっ》することにしました。生徒が分からないと言えば、中学校の内容でも、小学校の内容でも、生徒が分かるところまで戻《もど》りながら、何度でも説明を繰《く》り返し、理解しなければいけないポイントを根気よく話します。

そして、今説明したことを踏《ふ》まえて、もう一度分からなかった問題を考えてもらい、最後の答えは必ず生徒自身に出してもらうようにしています。そうすることで、

「正解《せいかい》は自分の力で出した」

という気持ちが強くなり、

「やれば出来るかもしれない」

という気持ちの芽生えにつながっていきます。つまり、私《わたし》は、

「答えを教えない教え方」

を心がけているのです。

そして、生徒が問題を解《と》き終えたならば、「最初は何が原因《げんいん》で、この問題が解けなかったのか」を確認《かくにん》させるようにしています。

勘違《かんちが》いなのか、知識《ちしき》不足なのか、解き方の経験《けいけん》不足なのか。この検証《けんしょう》を何度も行うことで、自分に欠けているのは何かということを、生徒自身が自分で分《ぶん》析《せき》できるようになります。そして、こういうプロセスを経験することが、論理《ろんり》的《てき》・合理的な思考につながっていくのです。

また、自分の弱点が分かるようになると、

「何が分からなくて、解けなかったのか」

が分かるようになります。

「xとかyとか、数学なのに数字じゃないものが出てきたときから分からなくなった」

という初歩的なつまずきから、

「三角形の内角の和は180度、ということを知らなかった」

というような知識不足など、生徒がかかえる弱点はさまざまですが、その欠点を認識《にんしき》したということが、すでに解決への入り口に立ったことになります。

その欠陥《けっかん》を認識し補習《ほしゅう》すれば、さっきまで分からなかった問題が、分かるようになるのです。

「そうか、この知識をこう応用《おうよう》すれば、この問題は解けるのだ」

そうすると、生徒もすっきりした気持ちになり、理解《りかい》できる快感《かいかん》を少なからず覚えていてくれます。

　このとき、教師《きょうし》として大切なことは、正解《せいかい》した生徒に対し必ず褒《ほ》めることを忘《わす》れない、ということです。人から褒めてもらうことがどんなに励《はげ》みになるか、それは、落ちこぼれでオール1だった私《わたし》が一番痛切《つうせつ》に感じることです。

　人から褒めてもらう、評価《ひょうか》してもらう、認《みと》めてもらうことで、自分に価値《かち》を見出《みいだ》すことができるのです。そしてこれが、自信へとつながるのです。

　分からない生徒には分かる部分にまでさかのぼって分かるようにさせるという教え方と並《なら》んで、私がもうひとつ心がけているのは、質問《しつもん》してくれる生徒に対しては、分かるまで何度も説明するスタイルを貫《つらぬ》くことです。質問にとことん付き合うことによって、

「この先生は分かるまで教えてくれる。聞いてもいいんだ。じゃあ、やってみようか」

　という気持ちを引き出すきっかけになればと思って、このスタイルを崩《くず》さないようにしているのです。

ここまで、私が落ちこぼれの経験《けいけん》から感じた分からない生徒を指導《しどう》する方法について述《の》べてきましたが、しかし、この方法にも短所があります。

それは、一つのクラスに何人もいる生徒たちの学力差をいかに埋《う》めればいいか、という問題です。遅《おく》れている生徒を中心にした授業《じゅぎょう》では、先に述べたようなスタイルでいいかもしれませんが、成績《せいせき》の上位を占《し》める生徒にとっては、いささか退屈《たいくつ》な授業になりかねません。

では、どのような方法でこの学力差を埋める授業を展開《てんかい》すればいいのでしょうか。実をいうと、この方法については、まだ試行錯誤《しこうさくご》の段階《だんかい》で、いまだに「これだ」という方法を見つけることができていません。今後の私の宿題にさせてください。

一緒《いっしょ》に頑張《がんば》る

次に、

「落ちこぼれを作らない」という基本方針《きほんほうしん》についてですが、このことに関しては、幸か不幸か、私《わたし》は落ちこぼれの典型でしたから、落ちこぼれの気持ちは痛《いた》いほどよく分かります。

「いじめが先」か、「勉強嫌《ぎら》いが先」か、今となっては判然《はんぜん》としませんが、とにかく学校は私にとっては苦痛《くつう》の場以外の何ものでもありませんでした。もともと何をするために学校へ行くのか分からなかった私は、一日の大半を学校で過《す》ごさなければならない自分の生活が嫌《いや》で嫌で仕方なく、授業《じゅぎょう》も何をやっているのかさっぱり分からず、ただ落ちこぼれるばかりで、机《つくえ》に向かって、

「早く終わらないかな」

とそればかり考えて外を眺《なが》めていました。しかも、放課後に何かの拍子《ひょうし》でいじめられるのではないかと、いつもびくびくして過ごさなければならない。そんな暮《く》らしは、私に何の喜びも安らぎも与えてはくれなかった。

落ちこぼれ、と一口にいっても、私の場合は桁外《けたはず》れの落ちこぼれでした。

とにかく、黒板の前の先生が日本語で授業してもフランス語で授業しても、私には変わりがないほど、何も分かっていなかったのです。

でも、落ちこぼれは落ちこぼれなりに、悩《なや》みをかかえていました。人並《ひとな》みではない自分の将来《しょうらい》に不安を感じつつ、しかし、どうにもならない自分を諦《あきら》めて、投げやりな気持ちになったまま、金縛《かなしば》りのような状態《じょうたい》に陥《おちい》っていたのです。

今から思えば、あのころ、誰《だれ》かから優《やさ》しい声をかけてもらいたかった。もしかすると、あのとき教師《きょうし》から、

「一緒《いっしょ》に頑張《がんば》ってみないか」

と声をかけられていたなら、何かが変わっていたかもしれない。

「お前は、物作りだけは巧《うま》いな」

と褒《ほ》めてもらっていたなら、小さな希望の灯《ひ》がともっていたかもしれない。

と、昔の自分の境遇《きょうぐう》を思い起こすと、さまざまな想念に駆《か》られますが、しかし、それはもう過去《かこ》のことです。

そんなことよりも、落ちこぼれのこの切ない思いを、今一緒《いっしょ》に過《す》ごす私《わたし》の生徒たちに味わってほしくない。あんなつらい自閉《じへい》生活は私一人でたくさんだ。だから私は今、昔の自分を救うような気持ちで、生徒たちに声をかけています。

「一緒に頑張《がんば》ってみないか！」

全《すべ》ての生徒に私の気持ちが伝わっているわけではありませんが、心をこめて話しかけます。

「一緒に頑張ってみないか」

数学マジ嫌《きら》い！

私は一年間の最後の授業《じゅぎょう》のとき、この一年の私の授業についての感想を生徒たちに書いてもらっています。その一部を紹介《しょうかい》しながら、生徒の気持ちの変化や成長を見てみたいと思います。

〈宮本先生の授業は、分からないところはしっかり教えてくれたし、できたときは褒《ほ》めてくれたので、授業もちゃんと受けることができました。初めての授業のとき、先生が自己《じこ》紹介してくれました。オール1と聞いたとき、本当にビックリしました。オール1だった人が教師《きょうし》をしているなんて聞いたこともなかったし、それを知って安心もできました（本音で！）。昔から、数学は苦手だったし、分数とか出るだけで答えを出していませんでした。今は、先生のおかげで数学の授業についていけます。二年生になっても勉強頑張ります！〉

〈とりあえず、数学が好きになった。先生の授業は、分からん人にとことん教えようとするから私には少し長く感じました。授業以外でも、数学の勉強を見てくれて助かりました。この一年で宮本先生が、頑張ればできるってことを教えてくれたから、これからもいろいろなことに負けずに頑張るからね〉

〈中学校では数学が一番苦手な教科でした。もともと計算が遅《おそ》いので苦手でもあったけど半分嫌《きら》いになっていました。でも高校に来てその考えが変わってきました。中学の基礎《きそ》からの授業《じゅぎょう》で、もう一度やり直せると思えたのがきっかけです。最初のテストで本当に今までとったことのないような点が取れて、すごくうれしかったのを覚えています。それから少しずつ頑張《がんば》ってみようと思えるようになりました。応用《おうよう》問題のような難《むずか》しい問題が解《と》けたときの喜びを知ったり、テストで結果が出せてうれしかったり、この一年間で数学の面白《おもしろ》いところがいっぱい分かりました。宮本先生が細かいところまで丁寧《ていねい》に教えてくれたおかげです。今でも数学は苦手です。でも数学という教科は好きになりました〉

〈数学の授業は分かりやすかったし、楽しかった。分からないとこは先生に分かるまで教えてもらったし、先生のおかげで良《い》い点がいっぱいとれたし、良い点をとると先生もよろこんでくれたから、先生のためにもガンバって点をとろうと思ったよ！　先生はこのクラスのみんなをかわいがってくれた良い先生でした。たまにはうるさくて先生が怒《おこ》ったときもあったけど、みんな素直《すなお》に受け止めていたと思うよ！　二年も先生が担当《たんとう》になるように校長先生に頼《たの》んでいいですか。これはまじめな話だから〉

〈先生の授業で分かったことは、人間やればできるということです。先生は昔、オール1の落ちこぼれで勉強ができなかったらしいけど、俺《おれ》も一生懸命《いっしょうけんめい》頑張って、できれば中学の先生を目指してこれからも頑張るんで応援《おうえん》して下さい〉

〈全教科の中で体育以外に唯一《ゆいいつ》好きだった授業が数学だった。宮本先生の授業は楽しくて、凄《すご》く分かりやすかったから好きになれたと思う。学年末は良い点じゃなかったけど、今では、一番好きな授業が数学です。この授業のおかげで少しだけ数学って面白《おもしろ》いなと思い始めた。これからも、もっと数学が好きになれればいいなと思う〉

〈中学のときは、数学がキライだったけど、宮本先生に分からない問題を詳《くわ》しく教えてもらったり、自分で解《と》いたりして、問題が解けたときの達成感が最高で、ちょっと数学が好きになったような気がしました〉

〈先生のこと、最初は嫌《きら》いだったけど今はスキだよ！　話も楽しかったし、やっぱり授業《じゅぎょう》の中で一番数学が楽しかったな。テストのときいつも勉強教えてくれて、数学いっぱい勉強できました〉

〈授業が楽しかったことよりも先生が面白かったです。数学マジ嫌いだったし、今も好きとか思わんけど、先生の授業は分かりやすかったです。問題が解けたときの喜びとか、高校に入って先生の授業で初めて分かった気がします。一番うちらの気持ち分かってくれとるのは宮本先生だから〉

第二章　どん底の十代で考えたこと

〝いじめ〟と〝学校嫌《ぎら》い〟

二つの爆弾《ばくだん》

私《わたし》が中卒で工務店《こうむてん》の見習い大工をしていたころ、卒業式の時期に、私が働いている現場《げんば》の横を、花束を持って涙目《なみだめ》になりながら自転車で通りすぎる高校生を見たことがあります。きっと卒業式で後輩《こうはい》か先生からもらったものでしょう。

「卒業して涙目になるほどの高校生活って、どんなものなのだろう。卒業のお祝いでもらう花束とは、どんな気分のものなんだろう……」

私はぼんやりそんなことを思いながら、高校生の後ろ姿《すがた》を見送りました。何かというと平手打ちが飛んでくる肉体労働の現場から仰《あお》ぎ見る高校生活というものが、天上の花のように思えました。学校嫌い、勉強嫌いの私でも、自分も一度味わってみたいものだと、淡《あわ》い羨望《せんぼう》を覚えたものです。

それは十七歳《さい》の春でした。

そんな自分がやがて卒業生を送り出す側の教師《きょうし》になろうとは、夢《ゆめ》にも思っていませんでした。

しかし、その道のりは長く、屈折《くっせつ》したものでした。自分なりに精一杯《せいいっぱい》生きていたつもりですが、つまずいてばかりいました。学校でも人生でも、落ちこぼれでした。

はじめは家庭環境《かんきょう》が格別《かくべつ》悪かったわけではありません。私が幼稚園児《ようちえんじ》のころは、父は土木関係の仕事、母は旅館の仲居《なかい》をしておりましたが、やがて二人でラーメンの屋台を引くようになり、そのうちに小さな二階家を借りて一階でラーメン屋を開業しました。だから経済的《けいざいてき》に特に困《こま》っていたわけではありませんでした。ただし、子供《こども》の成長を常《つね》に気にかけてくれる家庭だったかというと、決してそうではありませんでした。

両親とも仕事の忙《いそが》しさにかまけて、私《わたし》の学校生活にまでは十分に気がまわりませんでした。だから、教育ママ、教育パパとは最も遠い親でした。

そんな家庭でも逞《たくま》しく育っていく子供はいくらでもいますが、私の場合はそうではありませんでした。極端《きょくたん》な〝勉強嫌《ぎら》い〟と〝いじめ〟という二つの爆弾《ばくだん》をかかえていたからです。

勉強嫌いが顕著《けんちょ》になったのは小学校三年ごろからだったでしょうか。いじめで学校にいることだけでも苦痛《くつう》なのに、その上勉強で頭を悩《なや》ます気になれなかった。一つつまずくと、それを修復《しゅうふく》する気力がないので、どんどん授業《じゅぎょう》が分からなくなっていく。その悪循環《あくじゅんかん》の積み重ねでした。最初は先生も、「分からなかったら質問《しつもん》しろ」とか、声を掛《か》けてくれたりしましたがだんだんそれもなくなりました。

勉強が嫌いになった理由は、こんなことをして何になるのかと、勉強する意味が見つけられなかったからだ、と前に言いましたが、もしかしたら、これは勉強の苦しさから逃《に》げるための後付けの解釈《かいしゃく》かもしれません。

とにかく、やりたくなかったのです。なぜでしょう。

生来の怠《なま》け者だったのかというと、家のラーメン屋を手伝ったりしていましたから、そうとはいえないでしょう。では、頭を使うことが嫌いだったのかというと、幼稚園児《ようちえんじ》のときから本が好きで、中学生のときには横溝正史《よこみぞせいし》の小説を読めない漢字をとばしながら愛読したりしていましたから、知的なことに全然興味《きょうみ》がなかったわけでもない。とにかく、学校の勉強だけは受け付けなかったのです。

そして、そのことに何の「危機感《ききかん》」も「罪悪感《ざいあく》」も持っていませんでしたから、中学一年の成績表《せいせきひょう》がオール1になっていても、父親からは、

「学校に何しに行ってんだ！　このばか者」

と、ひどく怒鳴《どな》られましたが、私《わたし》自身は、のほほんとしたものでした。自分は馬鹿《ばか》だという自覚がありましたから、ついにそれが正当に評価《ひょうか》されたかと、なんとなく納得《なっとく》した気分なのです。

（あなたは正真正銘《しょうしんしょうめい》の馬鹿です。ここに馬鹿証明書《しょうめいしょ》を発行します）

と言われているような気持ちで、

「やっぱりそうだったんだ」

と再認識《さいにんしき》しただけのこと。こうなっては今さら何をしても無駄《むだ》だと自分を見《み》捨《す》て、落ちこぼれの気持ちをますます強固なものにしただけでした。

中学最後の成績表《せいせきひょう》では、音楽と技術《ぎじゅつ》が「2」になりましたが、このときも、成績が上がったと喜ぶ気持ちはさらさら起きませんでした。喜ぶでもなく、悲しむでもなく、淡々《たんたん》としたものです。先生が他《ほか》の生徒への配点の帳尻《ちょうじり》合わせに「2」をくれたのだろう、ぐらいにしか考えませんでした。

私の人生にとって、音楽や技術が「1」だろうが「2」だろうが、そんなことはどうでもいいことで、何の意味もありません。

馬鹿には変わりないのです。

「1」が「2」になったからといって、自分自身に劇的《げきてき》な変化が起きるわけでも、希望を持てるわけでも、将来《しょうらい》を方向づけるものでもありません。中学の三年間、ほとんどずっとオール1だった私にとって、この程度《ていど》の変化は「誤差《ごさ》」のうちであり、とりたてて感慨《かんがい》を抱《いだ》くことではありませんでした。落ちこぼれ精神《せいしん》に骨《ほね》の髄《ずい》まで染《そ》まって、もう自分を投げていたのです。

いじめは、これはもう小学一年からの筋金《すじがね》入りでした。

家が愛知県内で引っ越《こ》しを繰《く》り返し、そのたびに転校を強《し》いられたことも一因《いん》かもしれませんが、生来無口で内気な私の存在《そんざい》は、どこの学校へ行っても恰《かっ》好《こう》の「いじめの標的」となりました。

小学校でも中学校でも、数少ない友人以外のクラスメイトは、ほとんどが私の心と体を傷《きず》つけるような存在《そんざい》であり、持ち物を隠《かく》されたり壊《こわ》されたり、突然《とつぜん》、殴《なぐ》られたり蹴《け》られたりして顔面がアザだらけになったり、足に画鋲《がびょう》を刺《さ》されてなかなか抜《ぬ》けなかったり、修学《しゅうがく》旅行の班《はん》を作るのに仲間外れにされてどこにも入れなかったり、さまざまな仕打ちを受けました。

教室、廊下《ろうか》、トイレ、下駄《げた》箱《ばこ》、裏庭《うらにわ》など、学校のありとあらゆるところでいじめられる日々が積もり積もって、苦痛《くつう》のあまり、

「死んだほうが楽かも……」

と真剣《しんけん》に考えたことも何度かあります。実際《じっさい》、カッターナイフを手首に当てて、

「これを横に引けば、全《すべ》ての苦しみから逃《のが》れられるんだ」

と切羽《せっぱ》詰《つ》まった思いに駆《か》られて身を震《ふる》わせたこともありました。

でも、ぎりぎりのところで踏《ふ》みとどまりました。残された母のことを思うと、最後の一線を越《こ》えることが出来なかったのです。

小さいころから本が好きだった私《わたし》にたくさんの本を買い与《あた》えてくれた母。父とラーメンの屋台を引いていたときは、宵《よい》の口、私が寝《ね》つくのを待ってから出かけ、明け方帰ってくると、私の弁当《べんとう》を用意してから床《とこ》に就《つ》いていた母。そんな母を悲しませることは出来ません。

実をいうと、私はこの両親の実の子ではなく、貰《もら》い子だったのですが、母はいつも私のことを気にかけ、慈《いつく》しんでくれました。そんな母が嘆《なげ》き悲しむ姿《すがた》を想像《そうぞう》するのも嫌《いや》です。だから自殺は思いとどまったのです。その代わり、苦痛に耐《た》える日々が果てしなく続きました。

小学校に入ったばかりのころ、学校でいじめられていることを父に話したことがありました。しかし、

「やられたらやり返せ」

と言われただけでした。そんな度胸《どきょう》や腕《うで》っぷしがあれば苦労しません。それ以来、そのことは両親の前では口にしないようにしていたのですが、中学二年

のときだったか、あまりのいじめの酷《ひど》さに堪《た》えかねて、両親に相談したことがありました。

このときは父も真剣《しんけん》に受け止めてくれて、学校に掛《か》け合ってくれました。しかし、学校も先生も何もしてくれませんでした。それどころか、親や先生に密《みっ》告《こく》したということで、

「お前は親にチクるんかい」

と、さらにいじめがエスカレートしただけで、何の解決《かいけつ》にもなりませんでした。

常《つね》に見下されていて、事あるごとにいじめを受ける。そんな状況《じょうきょう》に抵抗《ていこう》する勇気も行動力も私《わたし》にはなく、そんな自分も、他《ほか》の生徒も、そんな私の気持ちに気づいてくれない先生も、全《すべ》てを含《ふく》めて嫌《きら》いでした。

それでも、こんな八方塞《ふさ》がりの状況にどこか風穴《かざあな》を開けなければと、私は私

なりに考えました。それで、学校に居場所《いばしょ》を見つけられない私が見つけた避難《ひなん》場所が、少林寺拳法《けんぽう》でした。中学生になったとき、家の近所の道場に通い始めたのです。動機は単純《たんじゅん》、強くなればいじめられないだろう、という短絡的《たんらくてき》なものでした。

もともと運動が苦手な上に根気がなく、何かを習うということを嫌う性格《せいかく》ですから、入門しても道場には行ったり行かなかったりでしたが、たまたま同級生が入門して一緒《いっしょ》に道場に行くようになってから、一気に稽古《けいこ》が面白《おもしろ》くなり、少林寺拳法の修行《しゅぎょう》を楽しいと思うようになりました。

それからというもの、学校に居場所を見つけられない私を支《ささ》えてくれたのは少林寺拳法だったといっても過言《かごん》ではありません。一年後には初段《しょだん》になり、少しずつ自分に自信が持てるようになりましたが、しかし、いじめに対して少林寺の技《わざ》を使ったことはありませんでした。喧嘩《けんか》に武道《ぶどう》の技を使ってはいけないという立派《りっぱ》な考えからではありません。少林寺を使ってもいじめを回避《かいひ》できなかったときのことを考えると、せっかく芽生え始めた自信すらなくしてしまうような気がして、使う勇気がなかったからです。

相変わらず、本音は臆病者《おくびょうもの》でした。

しかし、実戦には役立たなかったけれど、少林寺初段というのは、私《わたし》の唯一《ゆいいつ》の拠《よ》り所でしたし、何よりも、後に私の人生を劇的《げきてき》に変えることになる妻《つま》と出会ったきっかけが、少林寺だったのです。

音楽と少林寺拳法《けんぽう》

いじめられっ子、落ちこぼれのまま中学を卒業した私《わたし》は大工の基礎知識《きそちしき》を学ぶために職業《しょくぎょう》訓練校に通い始めましたが、間もなく我《わ》が家が崩壊《ほうかい》しました。

父が体を壊《こわ》してラーメン屋をやめたので、母のパートの収入《しゅうにゅう》だけが頼《たよ》りとなり、我が家は一挙に貧困《ひんこん》家庭となったのです。訓練校に行く定期代すら出してくれとは言えず、昼食代の三百円の中から行きの電車賃《でんしゃちん》百二十円を出し、残りの百八十円で前日の売れ残りのパンをパン屋で買い、帰りは五十分かけて歩いて帰る毎日になりました。

不幸は輪をかけます。そして間もなく、母が癌《がん》で亡《な》くなりました。私が十六歳《さい》のときでした。二年後に、父も病死しました。

十八歳にして、私は天涯孤独《てんがいこどく》の身となったのです。

それから私の迷走《めいそう》の人生が始まりました。

訓練校を一年で卒業して大工見習いとして社会人になりましたが、意地の悪い親方に、

「なにやってんだ！　お前は何やってもバカだな」

と罵倒《ばとう》されました。

こき使われるだけのこの職場《しょくば》は、いつ怒鳴《どな》られるのかとビクビクしながら胃が痛《いた》くなるほどの毎日なので二年後には退職《たいしょく》し、それからはいくつもの職を転々としました。

しかし、根無し草のように漂《ただよ》っていたとはいえ、世をすねて自堕落《じだらく》になっていたわけではありません。私《わたし》は私なりに、自分が打ち込《こ》めるものを追い求めていました。

この時期、私を支《ささ》えてくれたのは少林寺拳法《けんぽう》と、それにもう一つ、音楽が加わりました。

まだ大工見習いをしているころ、たまたま中学時代の同級生と出会ったのがきっかけでした。

「宮本じゃあないか」

「あ、……」

中学のころの、友達と呼《よ》べる数少ない同級生のうちの一人だったのです。

「今、何してる」

「大工の見習いだよ……君は」

「××高校にいってるよ」

「×高か……高校って、面白《おもしろ》いとこかい」

「どうだかね。ま、いろんなやつらが集まっているのが面白いは面白いけど、毎日つまらん勉強をやらされてるよ」

彼《かれ》は何気なく言い捨《す》てましたが、私が感じたのは別の想《おも》いでした。

彼の世界は、私の住んでいる所とはまるで違《ちが》い、喩《たと》えて言うなら、私は〝雑草《ざっそう》〟で、彼は〝温室の花〟です。時間になれば炊事《すいじ》をしなくてもご飯を食べることができ、住むところの家賃《やちん》の心配もなく、何より自分が稼《かせ》がなくても電気代も水道代も両親がまかなってくれ、むしろ小遣《こづか》いすらもらえる。私の境遇《きょうぐう》と彼の境遇の差をひしひしと感じて羨《うらや》ましくなりましたが、彼は屈託《くったく》なく自分の話をつづけました。

「それよか俺《おれ》、今ギターに凝《こ》っているんだ。BOØWY《ボウイ》や尾崎豊《おざきゆたか》にハマッてるんだよ。今度、うちに遊びにこないか」

この意外な誘《さそ》いに乗って彼の家に何度か遊びにいくうちに、私にも音楽に対する興味《きょうみ》が湧《わ》いてきたのです。彼《かれ》の家族にも歓迎《かんげい》され、しばしば食事も御馳走《ごちそう》になりました。まるで上流階級に受け入れられたような気分でした。

その結果、彼がメンバーを集めて素人《しろうと》バンドを結成したときには、私《わたし》も参加することになりました。楽器のできない私はボーカル担当《たんとう》でしたが、音楽をやる楽しさに目覚め、だんだんのめり込《こ》んでいくようになったのです。そして、自分もギターを弾《ひ》いてみたいという衝動《しょうどう》に駆《か》られ、スーパーのアルバイトを始めました。月曜日から土曜日まで大工として働き、日曜日はスーパーのバイトです。生活は苦しかったのですが、おかげで安いものでしたが念願のベースギターを手にすることができました。

同級生が結成した素人バンドはやがて解散《かいさん》し、同級生も高校を卒業して音楽から離《はな》れましたが、私は一人、音楽に取りつかれていました。

そのころの私は、作詞《さくし》、作曲、アレンジをこなせるプロミュージシャンを夢《ゆめ》に思い描《えが》くようになっていたのです。そのために音楽の勉強をし、楽器の練習もしました。公園に行って雑誌《ざっし》をドラムに見立ててドラムの練習をしたこともありますし、指先から血を流しながら一日最低六時間、多いときは十五時間もベースを弾きつづけていたこともあります。

音楽仲間も増《ふ》えていき、中でも音楽に詳《くわ》しい楽器屋の店員と仲良くなり友人になりました。彼を中心にバンドを結成し、何度かライブもやりました。

しかし、こうして音楽づけで過ごしていた十七歳《さい》、十八歳のころの私は、気持ちの上ではそれまでになく充実《じゅうじつ》していましたが、生活のほうはぼろぼろでした。大工見習いをやめたあと、スーパーのアルバイト、自動車会社の派遣《はけん》社員、喫茶店《きっさてん》のウエイターなど、いろんな職《しょく》に就《つ》きながら音楽を続けていました。気がつけばたまにステージの照明や音響《おんきょう》関係の一日だけのアルバイトで生活費を稼ぐどん底のフリーターになっていました。

このころの最高記録では、パン屋でもらったパンの耳をかじりながら一ヵ月十三円で暮《く》らしたこともあります。

夢《ゆめ》は大きいけれど、現実《げんじつ》は最低でした。

どん底で考えたこと

このように社会のどん底を漂《ただよ》っていた私《わたし》ですが、行き当たりばったりの生活で良しとしていたわけではありませんでした。底辺は底辺なりに、自分の生活を見つめ、生きていく意味を考えました。

大工見習いをしていたころ、親方や同僚《どうりょう》の仕打ちに我慢《がまん》できなくなり、一週間家に閉《と》じこもって、納得《なっとく》できる生き方とはどういうものなのかを考えつづけ、その思いや考えを夜中にノートに記しました。

〈もし、一年後に確実《かくじつ》に自分が死ぬとしたら、私は何をするのだろうか。何をしたいのだろうか。そしてそれは今していることなのだろうか。今できることなのだろうか。また、一年後ではなく三年後、十年後に死ぬとしたらどうなる

のだろうか〉

　そして周りの同級生を見て、こうも思いました。

〈もしこの世の全《すべ》てが神によって作られたのだとしたら、その神が私たちに平等に与《あた》えたものは何だろう。それは、もしかすると今まで生きてきた時間だけではないだろうか。生まれた時代や国、家柄《いえがら》などは生まれながらに決まっており、これに逆《さか》らうことはできないが、生きている時間だけは平等だ。だから、何かに時間をかけて努力すれば、未知の可能性《かのうせい》が開けるのではないだろうか〉

　ここから、価値観《かちかん》のようなものがだんだん煮詰《につ》まってきました。

〈今している仕事は決して自分が一生を懸《か》けてまでしたいと思うような仕事ではなく、少なくとも、私の幸せは得られないだろう。自分が死ぬときに満足して死ねるような生き方をしたかったら、何か目標を持つことだ。夢を持つこと

だ〉
ノートには力強く書いたボールペンの跡《あと》が次のページにも次のページにもしっかりと残っていました。
今の私にとって、その夢《ゆめ》とは何だろう。私の人生を託《たく》せるものとは何だろう。乏《とぼ》しい私《わたし》の生活範囲《はんい》の中から夢の輪郭《りんかく》を必死に浮《う》かび上がらせると、それは、自分を支《ささ》えてくれる大切な音楽ではないだろうか、とそう思ったりしました。果たして自分に音楽の才能《さいのう》があるのか、将来《しょうらい》ちゃんとしたミュージシャンになれるのか、何の保証《ほしょう》もないけれど、とにかく懸《か》けてみよう。音楽に人生を託そう。そう考えました。
〈死ぬまでの残された時間は知る由《よし》もないが、その死ぬ間際《まぎわ》に後悔《こうかい》だけはしたくない。少なくとも、やれば良かったのに、どうしてあのときやらなかったのだろうという後悔だけはしたくない。なぜなら、行動を起こした者には結果があり、起こさなかった者には結果がないから。やった後悔には、結果が伴《ともな》うために、正しい意味では後悔ではなくなる。ここまでやっても駄目《だめ》なら、もう自分にはどうしようもないと思えるほどの努力を重ねた上での結果であるなら、受け入れることができるはずである。何もしないということは、自分の人生を放棄《ほうき》するようなものだ。だから夢に懸けるのだ〉

この文章は今の私の大人の文章で書いていますが、仮名《かな》文字ばかりでノートに綴《つづ》った当時の思いは、そのままです。これは誰《だれ》かの受け売りではなく、押《お》しつけられたものでもなく、私が自分の中から絞《しぼ》り出した十七歳《さい》の私の価値観《かちかん》でした。

一週間、暗い部屋にこもり、ようやく心の整理がついた私は、久《ひさ》しぶりに家の外に出て新鮮《しんせん》な空気を吸《す》い込《こ》み、退職《たいしょく》を決意しました。

この考えを友人に話すと、

「世の中そんなに甘《あま》くない。いつまでもフラフラしとらんで、出来る仕事を見つけてまじめに働け」

そう助言してくれる者もおりましたが、私《わたし》は動じませんでした。世の中が甘《あま》いか甘くないかは、私が生きていく以上、私が決めることであり、他人に決めてもらうことではありません。決定権《けっていけん》は自分にあるのです。決定権が自分にあるからこそ、自分の人生の責任《せきにん》は自分にある。他人の物差しではなく、自分の物差しで測《はか》らなくては、私にとっては意味のある人生にならないのです。

この決意をしてから、音楽に没頭《ぼっとう》する生活が始まったのでした。

転機

音楽バンドは何が一番難《むずか》しいかといえば、それは続けていくことです。メンバーの誰《だれ》か一人でも欠ければ続けていくことができません。楽器屋の店員を中心に結成されたバンドも、その人が東京の音楽専門《せんもん》学校に行くことになって解《かい》散《さん》し、その後私は、カツカツの生活をしながら、いろんな音楽仲間と組んで、メンバーチェンジを繰《く》り返しながらバンド活動を続けていました。

そんなとき、バンド仲間の一人が私に仕事の話を持ってきてくれたのです。彼《かれ》の親戚《しんせき》が経営《けいえい》している会社に関連する建設《けんせつ》会社でした。

このことが私の運命を大きく変えるとは、このときは思ってもいませんでした。今から思えば、これが私の人生の一つの転機であり、夢《ゆめ》の形が変わり始めるきっかけでした。

それは豊川《とよかわ》市内にある渋山《しぶやま》建設という会社でした。私は、この名前を一生忘《わす》れることはないでしょう。

この会社の社長や専務《せんむ》はとても親切で、両親のいない私を大変気づかってくれました。そのことがとても有り難《がた》く、仕事にも張《は》り合いが出て、一生懸命《いっしょうけんめい》に働きました。もともと何かを作るのが好きで大工になろうとした私には、木造《もくぞう》と鉄骨《てっこつ》の違《ちが》いはあっても、この仕事は苦痛《くつう》ではありませんでした。

仕事を覚え周りからも認《みと》められるようになると、いっそうこの仕事を面白《おもしろ》く感じるようになりました。ある程度《ていど》の収入《しゅうにゅう》も得ることができるようになり、二十歳《はたち》のときに、仕事に欠かせない運転免許《めんきょ》も取得し、さらに、生意気にも車を購入《こうにゅう》してしまいました。

当初の身分はアルバイトでしたが、やがて渋山建設《けんせつ》では私《わたし》を正社員として迎《むか》え入れてくれたので、社会保険《ほけん》や固定給が得られるようになり、これまでの生活とは一変しました。天涯孤独《てんがいこどく》という私の身の上のこともあるのでしょうが、社長や専務《せんむ》、そしてその家族の方々も本当に親切にしてくださり、社会に出て初めて仕事が楽しいと感じるようになりました。

初めは腰掛《こしか》け程度《ていど》の仕事のつもりでいたのが、私で役に立つのならずっと働かせてもらおうと思うようになり、雨漏《あまも》りのする豊橋《とよはし》のアパートから豊川の会社の近くの一軒家《いっけんや》に引っ越《こ》しもしました。風呂《ふろ》はなかったので、毎晩《まいばん》仕事が終わると銭湯《せんとう》に行きましたが、社長も銭湯が好きなので、よく一緒《いっしょ》に出かけては帰りに屋台で御馳走《ごちそう》してもらったものです。

この生活の変化が、音楽に対する私の姿勢《しせい》にも変化をもたらしました。周りの音楽仲間も、プロを目指して東京へ行ったり、音楽は趣味《しゅみ》でやればいいと決断《けつだん》したりで、徐々《じょじょ》に変わっていきましたが、私自身も節目を感じていたのです。音楽に惹《ひ》かれる気持ちはあるけれど、この仕事と渋山建設が私を豊川に引き止めていたのです。そしていつしか、趣味の範囲《はんい》で音楽を楽しむことで満足できるようになっていました。

夢《ゆめ》の形が変わったのです。

私が渋山建設でやっていた仕事は、〝建て方〟でした。住宅《じゅうたく》メーカーが工場で作った住宅素材《そざい》を現場《げんば》で組み立てる仕事です。屋外の仕事なので、暑さ寒さの厳《きび》しさはありますが、毎日違《ちが》う景色と出合える特典があり、これが私の性分《しょうぶん》に合っていました。特に、大好きな日課として、夕方に屋根の上で眺《なが》める夕日や夕焼けには、格別《かくべつ》のものがありました。

第三章　アインシュタインとの出会い

アインシュタインと彼女《かのじょ》

九九を全部言えない

中学のときに始めた少林寺拳法《けんぽう》は、社会に出てからも続けていました。つらい見習い大工の仕事のあい間、道場にいる時間だけが自分を取り戻《もど》せる時間だったといっていいでしょう。

練習を重ねて二段《だん》に昇格《しょうかく》し、十七歳《さい》のときに、日本武道館《ぶどうかん》で開催《かいさい》された少林寺拳法国際親善《こくさいしんぜん》大会に愛知県代表として出場するまでになりました。結果は予選で敗れましたが、夢《ゆめ》にまで見た日本武道館での大会に出場することができたという経験《けいけん》が、自分に自信を持つこと、やればできることもある、ということを教えてくれ、私《わたし》の唯一《ゆいいつ》の自慢《じまん》の種となったのです。そして、このころには道場で技術《ぎじゅつ》指導《しどう》をしたり、後輩《こうはい》の技《わざ》を見るようにもなり、少林寺は私の心の拠《よ》り所となっていました。

ところが、音楽に没頭《ぼっとう》するようになると、それができなくなりました。食うや食わずで一日中ベースの練習をしていたのでは、道場で汗《あせ》を流している余裕《よゆう》はありません。だんだんに道場から足が遠のき、数ヵ月後には、少林寺をやめたような形になってしまいました。

それがまた復活《ふっかつ》したのは、渋山建設《けんせつ》に入ってからでした。渋山建設の下請《したう》けの会社に少林寺拳法をやっている人がいると噂《うわさ》に聞いて、もう一度少林寺拳法をやってみたいという気持ちが起きてきたのです。それで、思いきってその人に声をかけ、翌週《よくしゅう》には道場に入門していました。

この道場には、以前通っていた道場とはまた違《ちが》う結束力がありました。単に同じ少林寺の門下生というだけではなく、それ以上の親密《しんみつ》な人間関係ができていました。また、道場主である先生が女性《じょせい》ということもあって、一般人《いっぱんじん》よりも子供《こども》たちが主役という感じでした。

そして、しばらくして先生が、八月に日本武道館で開かれる錬成《れんせい》大会に出場する子供たちの指導《しどう》を、この私《わたし》に任《まか》せてくれたのです。今までは自分が成長することにしか興味《きょうみ》がない私でしたが、子供たちの練習を見ているうちに、少林寺がうまくなってほしい、大会で賞をもらってほしいという気持ちが湧《わ》き起こり、この経験《けいけん》によって初めて、教えることの喜びを知りました。指導の甲斐《かい》があってか、その年の大会では、私の道場は群《ぐん》を抜《ぬ》いた成績《せいせき》をおさめることができました。

大会が終わって、しばらく後のことでした。いつものように仕事を終えて道場へ行くと、黒帯を締《し》めた見慣《みな》れぬ女性が先生の横に座《すわ》っていました。女性の入門は珍《めずら》しいし、しかも黒帯まで締めているので、私も気にかかり、それとなく聞いてみました。

「大学で少林寺をやっていたのですが、卒業して就職《しゅうしょく》し、やめていました。でも、仕事にも慣れてきたので、また始めようかと思って、この道場に通うことにしたんです」

これが彼女《かのじょ》との初めての出会いでした。

次第《しだい》に言葉を交《か》わすようになり、練習の後に話し込《こ》んだり、一緒《いっしょ》に出かけたりするうちに、自然と彼女との交際《こうさい》が始まったのです。

純子《じゅんこ》という名前でした。

のちに私の妻《つま》となる女性ですが、彼女との出会いが、やがて私の人生を一変させることになろうとは、そのときは知る由《よし》もありませんでした。

彼女《かのじょ》

平穏《へいおん》な生活が実現《じつげん》しました。仕事に打ち込み、少林寺拳法《けんぽう》の練習に打ち込《こ》み、好きな音楽でも、友人の紹介《しょうかい》で新たなバンドを組むことができ、私《わたし》の作詞《さくし》、作曲した曲をライブで演奏《えんそう》することができました。そして、彼女の存在《そんざい》です。数年前の悲惨《ひさん》な生活からは考えられない充実《じゅうじつ》した日々でした。

しばらくして、私は仕事の関係で、玉掛《たまか》けの資格《しかく》を取ることになりました。玉掛けとは、クレーンなどで資材《しざい》を吊《つ》り上げるときに、ワイヤーなどでいかに資材を結べばいいのか、また、どの太さのワイヤーを使えばいいのかを判断《はんだん》する技能《ぎのう》のことです。

この免許《めんきょ》を取得するには、筆記試験と実技試験の両方に合格《ごうかく》しなければなりません。

勉強嫌《ぎら》いだった私が、必要に迫《せま》られて勉強するハメになったのです。勉強嫌いのツケはすぐに回ってきました。筆記試験の問題集に分数の足し算の問題が出てきたのです。九九が全部言えないのに分数ができるはずがない。お手上げです。

しかし、この資格はどうしても取りたかった。一人前の建て方になるにはどうしても必要な技能です。仕方ない、聞くしかない。私はためらいながらも、

「分数の足し算はどうやって計算するの」

と彼女に尋《たず》ねました。彼女は丁寧《ていねい》に教えてくれました。が、五分と経《た》たないうちに、

「えーっ、ウソでしょ」

私が九九を全部言えないということがバレてしまったのです。

「あのときは本当に呆《あき》れてしまって、あなたと別れようと思ったわ」

と後に彼女から打ち明けられました。無理もない、四年制《ねんせい》の国立大学を出た彼女には、九九が言えない人間なんて想像《そうぞう》もできなかったのでしょう。結局、

分数の足し算はできないまま試験を受けて、辛《から》くも合格《ごうかく》しましたが、無知ということの不利をこんなに思い知らされたことはありませんでした。

幸い彼女《かのじょ》は、九九のできない私《わたし》を見捨《みす》てずに、その後も付き合ってくれました。そして、ある日、一本のビデオテープを貸《か》してくれたのです。

「夜中に面白《おもしろ》そうな番組をやっていたけど、私には何をやっているのか分からなかったので、あなたが見て、もし中身が分かったら私に解説《かいせつ》して」

「何の話」

「科学よ」

「科学？……君に分からないものが俺《おれ》に分かるかなあ」

「あなたは私でも外せない難《むずか》しい『知恵《ちえ》の輪』でも簡単《かんたん》に外すじゃない。本当は、難しいものは得意なのかもしれないよ」

当時、私の家にはアンテナがなく、粗大《そだい》ゴミ置き場で拾ってきたテレビと、再生専用《さいせいせんよう》のビデオデッキしかありませんでした。それで、私のために録画してくれたのでしょう。

さっそくその夜、借りたビデオをデッキに入れて再生ボタンを押《お》しました。

今から思えば、この瞬間《しゅんかん》が、私の人生を変える〝その瞬間〟でした。

画面が現《あらわ》れると、それはNHKスペシャルの『アインシュタイン・ロマン』という番組でした。

内容《ないよう》は、アインシュタインに関《かか》わる物理学を、数式を使うことなく映像《えいぞう》を中心に、やさしく丁寧《ていねい》に説明しているものでした。それまで、アインシュタインという科学者の名前は何度か聞いたことはありましたが、何をした人なのかは、知りたいと思ったこともありません。それに、物理学という言葉すら、何を表しているのか、まるで分からなかったし、関心もありませんでした。

しかし、私は画面に強烈《きょうれつ》な力で惹《ひ》き込まれました。そこには、私の全く知らない世界があり、今までに味わったことのない知的興奮《こうふん》を初めて体験させてくれ、あっという間に九十分の番組は終わっていました。

『アインシュタイン・ロマン』は六本構成《こうせい》で、このとき見たのは三本目の『光と闇《やみ》の迷宮《めいきゅう》・ミクロの世界』というタイトルのものでした。物理学者たちが光の正体を追い求めていく、その歴史的過程《かてい》を描《えが》いたものです。

私《わたし》は何度も何度もこのビデオを繰《く》り返して見ました。

「ビデオ、見た?」

「凄《すご》いよ、興奮《こうふん》した」

「何が凄いの?」

「光の正体は粒子《りゅうし》か波かってことを科学者たちが追究していって、アインシュタインが解明《かいめい》するんだ。俺《おれ》は中学のころ横溝正史のミステリー小説に凝《こ》って、『将来《しょうらい》なりたいもの』という作文を書かされたときに『探偵《たんてい》』って書いて先生に怒《おこ》られたくらいだけど、アインシュタインの推理《すいり》は金田《きんだ》一耕助《いちこうすけ》どころじゃあないんだ。なにしろ相手は殺人犯《さつじんはん》じゃなくて光なんだからね」

そして当然、残る五本もぜひ見てみたいと思ってチャンスを窺《うかが》っていたところ、間もなく再放送《さいほうそう》されたので、彼女《かのじょ》に頼《たの》んで録画してもらい、六本全《すべ》てを見ることができました。

その六本とは、

1『黄泉《よみ》の時空から』　アインシュタインの生涯《しょうがい》を描いたもの
2『相対性理論《そうたいせいりろん》・考える＋翔《と》ぶ！』　相対性理論をやさしく解説《かいせつ》したもの
3『光と闇の迷宮・ミクロの世界』
4『時空・悪魔《あくま》の方程式《ほうていしき》』　アインシュタイン方程式を軸《じく》に宇宙論《うちゅうろん》について語ったもの
5『$E=mc^2$・隠《かく》された設計図《せっけいず》』　科学と社会、科学者と人間の関係を議論《ぎろん》したもの
6『特別編《とくべつへん》・空想科学ドキュメント・アインシュタイン最後の挑戦《ちょうせん》』　未来から見たアインシュタインを語ったフィクション

こういう構成になっていました。この六本を何度見たか分かりません。とに

かくこの番組に夢中《むちゅう》になりました。この番組の素晴《すば》らしさは、映像《えいぞう》の美しさもさることながら、なるべく数式を使わずに、分数もできない私《わたし》に、言葉でもって理解《りかい》するきっかけを与《あた》えてくれたことです。

この番組で私は相対性理論《そうたいせいりろん》の初歩を理解《りかい》し、そしてそれは、私の時間や空間に対する常識《じょうしき》を粉々に打ち砕《くだ》いたのです。

二十三歳《さい》にしての不思議な目覚めでした。

アインシュタイン

ここで、私がアインシュタインに教えられた常識破《やぶ》りの世界観を、僭越《せんえつ》ながら、いささか解説《かいせつ》させていただきます。ちょっとややこしい話になりますが、とにかく、この常識破りの考え方が私を打ちのめし、変えてくれたのです。

通常、人は日常生活の中で時間と場所を定めて暮《く》らしています。例えば、朝八時に会社に行かなければならないとか、一時に駅前で待ち合わせをするとか、時間と場所を基準《きじゅん》に行動しています。つまり、誰《だれ》もが無意識《むいしき》のうちに、お互《たが》いの認識《にんしき》する時間と場所は同一であるということを前提《ぜんてい》として行動しています。

私も普段《ふだん》の生活では、時計が進んだり遅《おく》れたりすることはあっても、テレビやラジオの時報《じほう》のように、過去《かこ》から未来に向かって規則《きそく》正しく流れている時間がどこかにあって、その時間は絶対的《ぜったいてき》なものだと素朴《そぼく》に信じておりました。もっと大げさに言えば、神様がこの世界を創造《そうぞう》したときの基準が「時間と空間」であって、誰にとっても時間と空間は不変なのだと思い込《こ》んでいました。

しかし、二十世紀初頭に、アインシュタインはこの常識に対して、相対性理論を用いて訂正《ていせい》を迫《せま》ったのです。

簡単《かんたん》に説明すると、神様はこの世界を創造したとき、「時間と空間」を不変に保《たも》つようには作っていなかったのです。この自然界で本当に不変となっているもの、基準として成り立っているもの、その答えは「光」でした。神様はこの世界を、「光の速度」を不変に保つように創造したのです。

そして、光速を不変にするためには、時間や空間のほうを変化させるというのが、アインシュタインの主張《しゅちょう》なのです。

具体的に言えば、東向きに時速100kmで飛んでいるボールを、同じ向きに時速60kmで走る車の中から見ると、ボールは時速40kmに見えます。しかし、地上で座《すわ》っている人から見れば、ボールは時速100km、車は時速60kmで東向きに進んでいるように見えます。このように、速度は足し算、引き算が可能《かのう》です。ところが、ボールを光に置き換《か》えると、とたんに速度の足し算、引き算ができなくなる。

光速度は不変なので、車に乗っている人から見ても、地上で座っている人から見ても、同じ光速（秒速30万km）に見えるのです。そして、この光速度を不変に保《たも》つために、時間や空間のほうが変化するのです。極論《きょくろん》を言えば、光を光の速さで走りながら見ても、やはり光は光速なのです。日常的《にちじょうてき》な常識《じょうしき》から考えて、とても奇妙《きみょう》な結論《けつろん》ですが、これが真実なのです。

私《わたし》はこの事実に、雷《かみなり》に打たれたような衝撃《しょうげき》を感じました。

このアインシュタインとの出会いが、それからの私の人生に大きな影響《えいきょう》を与《あた》えたのです。

小学三年の算数ドリル

六本のビデオを何度も見るうちに、相対性理論《そうたいせいりろん》だけではなく、もっといろいろな物理現象《げんしょう》について知りたいという気持ちが湧《わ》き起こり、一般《いっぱん》向けのやさしい物理の本を何冊《なんさつ》か買ってきて読みました。

それらの本を読み進めていくうちに、私の自然界を見る目が変わりました。今までなんと無頓着《むとんちゃく》に生きてきたのか思い知らされました。子供《こども》のころは純粋《じゅんすい》な目で自然を眺《なが》め、純粋な疑問《ぎもん》を抱《いだ》いていました。空はなぜ青いのだろう、太陽の光はなぜ暖《あたた》かいのだろう、星はなぜ光るのだろう……。あの気持ちはどこへ行ってしまったのか。自然の中に隠《かく》された感動は日常《にちじょう》の中に転がっているのに、あまりに身近すぎて、いつの間にか関心を持たなくなっていたのです。

しかし、たとえ関心を持たなくても、役に立たなくても、知らなくても困らなくても、そこには驚異《きょうい》がある。不思議で美しいものがたくさんある。

アインシュタインのおかげで、やっとそのことに気がついたのです。


私《わたし》の物理学に対する興味《きょうみ》はますます強くなりましたが、しかし、物理学の本は、どんなにやさしく書かれた入門書でも必ず数式が出てきます。初めのうちはその部分は飛ばして読んでいた私ですが、そのうち、これらの数式はいったい何を物語っているのだろうかと、興味を持つようになりました。物理を数式で理解《りかい》できたら、もっと楽しくて素敵《すてき》な世界が開けてくるのかもしれない。今までに感じたことのない知的興奮《こうふん》をもっと味わえるかもしれない。そう思う気持ちがだんだんと強くなってきました。

しかし、オール1の落ちこぼれで九九も分数も分からない私が数式を理解するようになるには並大抵《なみたいてい》の努力では通用するまい。どうしようか。物理への好《こう》奇心《きしん》と、今さら分かるものかという落ちこぼれ根性《こんじょう》とが、せめぎ合いました。勉強を始めるべきか、やめるべきか、落ちこぼれの自分はどうせやっても駄《だ》目《め》なんじゃないか、今さら勉強して何になるのだ、でもやっぱり自然のことを知りたい。さまざまな思いが脳裏《のうり》をよぎりましたが、

「どうしてあのときやらなかったのだろうという後悔《こうかい》だけはしたくない」

という自分への誓《ちか》いを思い出して、ついに物理への好奇心に身を任《まか》せることにしたのです。

思い立てば、あとは行動に移《うつ》すだけです。さっそく書店へ算数の参考書と問題集を恐《おそ》る恐る探《さが》しに行きました。小学二年生用と三年生用を手に取り、どちらにしようか迷《まよ》いましたが、二年生の復習《ふくしゅう》から始まっている三年生用のドリルを選びました。

失われた何年かを取り戻《もど》すための勉強が始まりました。

朝起きて仕事に出かけ、家に帰ると少林寺の道場に行き、寝《ね》る前に一時間程《てい》度《ど》算数をやるというペースです。仕事の昼休みの時間は、いつも物理の本にかじりついていました。

「凄《すご》いね、やる気になったの」

私《わたし》の二十三歳《さい》の決断《けつだん》を、彼女《かのじょ》も喜んでくれました。

「あなたは集中力が凄いから、きっと早く上達するわよ」

そしてしばらくすると、彼女は豊川高校のパンフレットをもらってきて、

「ここの夜間に通ったら」

と勧《すす》めるのです。パンフレットには、定時制《ていじせい》と通信制を併修《へいしゅう》することにより、三年間で卒業することも可能《かのう》と書かれてあり、彼女はかなり乗り気でした。

「高校ねえ……」

ここまで、ただ物理を分かりたいがために進めていた勉強に、高校という具体的な目標を置かれたので、私は少し戸惑《とまど》いましたが、勉強を進めるにつれて

物理学に惹《ひ》かれる気持ちはますます強くなっていくので、どうせやるなら大学ぐらいまで進学したいなどと、小学三年の算数ドリルを手に大望《たいもう》を抱《いだ》くのでした。

動機づけ

とりあえず豊川高校定時制に入学しようと私の気持ちが固まるまでに時間はかかりませんでした。その決意を渋山建設《けんせつ》の社長に伝えると、社長も快《こころよ》く承《しょう》諾《だく》してくれました。

進学が決まれば、やるべきことは自《おの》ずと決まります。高校入試までの間に小学三年のドリルから中学三年のテキストまで全部勉強するのです。私はこれまで以上に時間を見つけて勉強を進めていきました。幸いにして、私の家ではアンテナがなくテレビを見ることができないので、自宅《じたく》にいるときは寝《ね》ているか、食べているか、勉強するかという三つの選択肢《せんたくし》しかありません。集中することができました。

学習時間が増《ふ》えるとともに、勉強に対する私《わたし》の姿勢《しせい》が変化していることに気づきました。前はあんなに嫌《いや》だった勉強が、自分に明確《めいかく》な目標があるとここまで変わるのかと自分で思うほど、夢中《むちゅう》で勉強していたのです。

小学校でつまずいた分数の足し算、引き算や通分などを再《ふたた》び勉強し直すと、どうしてあのころ算数が嫌《きら》いになったのだろうと改めて考えてしまいました。やる意味が見つけられなかったということも確《たし》かにありましたが、今から思えば、大きな原因《げんいん》は二つありました。

・学校での生活環境《かんきょう》や家庭環境が学習環境を破壊《はかい》していたこと

・学ぶ目標がなかったこと

ここで私が言う「目標」とは、例えば私立《しりつ》中学を受験するというような大それたものではなく、些細《ささい》なことでいいのです。誰《だれ》かから「よくやった」と褒《ほ》められるとか、「成績《せいせき》が上がったね」と喜んでくれるとか、いわば、ささやかな

「動機づけ」です。それがあれば、「また褒めてもらおう」と目標ができ、それを目指して努力することができる。

しかし、私にはそれがありませんでした。

両親からは、勉強をやれと言われながら、成績が悪いと怒《おこ》られ、たまに成績が上がっても決して褒められることはありませんでした。落ちこぼれの私を褒めたり、励《はげ》ましてくれる先生に出会ったこともなく、周りの同級生からは「お前は頭が悪いんだから、やるだけ無駄《むだ》だ」という態度《たいど》で接《せっ》されていました。そして、このころの私には、それを撥《は》ね返してまでも勉強しようという気持ちは湧《わ》いてきませんでした。自分の無気力を他人のせいにするつもりはありませんが、周りの人から得られる「褒め言葉」というささやかな目標もなかったことが、私をどんどん駄目《だめ》にしていったのです。この経験《けいけん》が、今は教える側に立った私の貴重《きちょう》な反面教師《きょうし》として役立っています。

算数の勉強は小学校の課程《かてい》を終えて中学の課程に入りましたが、ここでまた課題が出てきました。英語です。前にも述《の》べたように、それまで私《わたし》が知っていた英語の単語は「ｂｏｏｋ」だけでした。これは、恥《は》ずかしながら、マンガを読みに通っていた本屋の看板《かんばん》で覚えた唯一《ゆいいつ》の単語でした。

しかし、受験では、中学で三年間英語を学んできた他《ほか》の受験生たちに、ｂｏｏｋ一語の知識《ちしき》で立ち向かえるはずがありません。私は中学の数学の勉強となちんで、参考書を買ってきて英語の勉強も始めました。

もちろん、彼女《かのじょ》も力を貸してくれました。二十三歳《さい》になって小学三年のドリルから始めた次元の低い受験生を笑うこともなく、分からないところを教えてくれたり、励《はげ》ましてくれたりしました。ときには、私が欲《ほ》しがっていた一般向《いっぱんむ》けの相対性理論《そうたいせいりろん》や宇宙論《うちゅう》の本を探《さが》してプレゼントしてくれたこともありました。

彼女の存在《そんざい》なくして、今の私はなかったでしょう。彼女の期待にも応《こた》えられるよう、私はほとんどの空き時間を勉強に費《つい》やしました。

豊川高校定時制《ていじせい》の入学試験が近づきました。ここの試験は、内申書《ないしんしょ》の評価《ひょうか》・

作文・面接《めんせつ》という三つで選抜《せんばつ》されます。私が必死に身につけた学力の試験はありませんでしたが、もしも入学できたときには中学卒業相当の学力を要求されるのですから、私には気になりませんでした。

このときに提出《ていしゅつ》した作文の下書きがここにありますので、ご紹介《しょうかい》します。

定時制に学ぶ心構《こころがま》え

私は今、毎日仕事をして平凡《へいぼん》に暮《く》らしています。

今後この豊川高校に通うようになれば、数年間は仕事と勉強を両立していかねばなりません。安易《あんい》な思い、気楽な考え、そういったものは一切《いっさい》持っていません。想像《そうぞう》できる範囲《はんい》で考えても、努力を惜《お》しんで成し遂《と》げられることではないと思っています。

それだけの覚悟《かくご》を得る理由を私は持つことができました。

私《わたし》は、今まで勉強というものをほとんどしたことがありませんでした。なぜ、みんなそんなにムキになって勉強するのか、理解《りかい》できませんでした。勉強する理由が今までの私にはありませんでした。しかし、今はこれまで生きてきて、初めて「勉強したい」「学びたい」と心から思うようになったのです。

私は、常《つね》に自然と接《せつ》して暮《く》らしてきました。

朝、太陽が昇《のぼ》り、夜には月が輝《かがや》き、色とりどりの星を眺《なが》め、何の疑問《ぎもん》も持たずに過《す》ごしてきました。学校へ通っていたころは、とりわけ自然を神秘《しんぴ》だとは感じませんでした。

ところがアインシュタインの相対性理論《そうたいせいりろん》に出合って自然観が変わりました。

それからは物理の簡単《かんたん》な本から読み始め、幾《いく》つかの素晴《すば》らしい法則《ほうそく》を見つけた人々のことを知って、神が創造《そうぞう》したこの素晴らしくも美しい自然をもっと深く知りたいと思う気持ちが強くなり、今になって学校に行こうと思いました。

今の私では、この素晴らしい数々の法則を数学的に理解することはとてもできません。ですから、理科はもちろんのこと、数学も学び、自分の得た知識《ちしき》を文にするために言葉も学び、より多くを結び付けて考えられるように、より多くを学び、できれば大学まで進み、知識を得られる場があればどこまでも探《たん》究《きゅう》していきたいと思っています。

今まではあまりにも勉強に疎《うと》く、とても低レベルですが、しかし、今までのことは今までのことであり、どうにも変えようがありません。だから今からは、数年して自分が後悔《こうかい》しない、悔《く》やまない、むしろよくやったと自分で自分を褒《ほ》められるほど自分を変えていきたいと思います。今は、それが私の人生の目標です。

そんなにも感動を与《あた》えてくれた自然に敬意《けいい》を表して、純粋《じゅんすい》にその姿《すがた》を理解できたら、こんなに素晴らしいことはないと思っています。

入学試験からしばらくして合格《ごうかく》通知が届《とど》きました。これで四月からは二十四歳《さい》の高校生となり、仕事と学業を両立していくことになったのです。

第四章　定時《ていじ》制《せい》高校での猛《もう》勉強

目標は超難関大学《ちょうなんかん》

定時制《ていじせい》高校

豊川高校定時制の合格《ごうかく》が決まったとき、彼女《かのじょ》、純子はステーキとビールで祝ってくれました。渋山建設《けんせつ》の社長はノートとペンを買ってくれました。少林寺拳法《けんぽう》の先生は、

「素晴《すば》らしいことじゃない」

と励《はげ》ましてくれました。

こうして私《わたし》の少し遅《おく》れた高校生活が始まりました。

始業式が終わり、初めて一年生の教室に入って、担任《たんにん》の先生と顔を合わせました。これから三年間私たちの担任をつとめてくれることになる国語の土田修《つちだしゅう》一《いち》先生でした。土田先生の話は主に高校生活の基本的《きほんてき》なルールでしたが、私がむしろ心を打たれたのは、先生の自己紹介《じこしょうかい》でした。先生は早くに両親と死別したこと、その後はお寺でお世話になったことなど、これまでの経緯《けいい》を訥々《とつとつ》と話してくれたのです。

私は胸《むね》が熱くなりました。私の身の上と通ずるところがあり、私よりも大変な苦労を乗り越《こ》えてきた土田先生ならば、私の気持ちを分かってくれる、よき理解者《りかいしゃ》となってくれるはずだと、直感しました。土田先生のクラスになったことは幸運としか言いようがない、そう感じました。

この日は初日で、すぐに解散《かいさん》ということになったのですが、私は職員室《しょくいんしつ》に去ろうとする土田先生に声をかけ、私も両親と死別していることを話しました。

私はそれまで、自分の気持ちを他人に分かってもらおうと思ったことはありませんでした。私《わたし》がいくら両親を亡《な》くしたときの気持ちを語っても、実際《じっさい》に亡くしてみなければ分かりようがないと考えていたからです。

子供《こども》を持たぬ者が親の気持ちを分からないように、雪に触れたことのない者が雪の冷たさを知りようがないように、経験《けいけん》したことがない者にとっては、ある程度《ていど》の共感は持てても、その真情《しんじょう》を理解《りかい》することは不可能《ふかのう》だと思っています。

しかし土田先生なら、私の言葉にならない悲しみや苛立《いらだ》ちを、私の知る誰《だれ》よりも分かってくれるはずだと確信《かくしん》していました。そしてその後、月日が経《た》つにつれ、土田先生を父のように感じるようになっていくのです。

高校生になるということは、とても大したことなのだと、その後、大いに感じさせられました。職場でも、私が二十四歳《さい》にして高校生になったことが話題になりました。先輩《せんぱい》の中には、

「今さら勉強して何をどうするつもりだ」

「その錆《さ》びた頭じゃ動かないだろう。油を注《さ》してやるよ」

などとからかったり、

「さんざん遊びを覚えて、今さら何が勉強だ」

と厭味《いやみ》を言う者もおりましたが、社長や専務《せんむ》は大変理解を示《しめ》してくれました。

豊川高校では夕方五時二十分から授業《じゅぎょう》が始まるので、それまでには教室に入っていなければなりません。それに間に合わせるためには、どうしても正規《せいき》の勤務《きんむ》時間より早めに現場《げんば》を離《はな》れることになり、会社には多くの負担《ふたん》や迷惑《めいわく》をかけることになりましたが、実に気を遣《つか》ってくれたのです。

朝、どこの現場に誰が行くのかを決めるときなど、あまり遠くない現場を割《わ》り振《ふ》ってくれたり、みんなより先に帰る私のために車を一台余分《よぶん》に回してくれたりしたほか、ときには専務が現場まで迎《むか》えに来てくれることもありました。

その上、みんなより現場を早く離れる分、給料を引かれるということもありませんでした。急に勉強する気になった「オール１の落ちこぼれ」をここまでケアしてくれるなんて、今でも、いくら感謝《かんしゃ》しても感謝しきれない思いです。

私《わたし》は会社のこの配慮《はいりょ》に応《こた》えるためにも、現場では一生懸命《いっしょうけんめい》仕事に打ち込《こ》みました。その甲斐《かい》あって、高校一年のこの年、積水《せきすい》ハウスの建て方主任《しゅにん》の資格《しかく》を得ることができました。実技《じつぎ》と学科の両方の試験がありましたが、無事に合格《ごうかく》できたのです。

いよいよ授業《じゅぎょう》が始まると、学校には悪い思い出しかない私は少し不安でしたが、それは杞憂《きゆう》でした。私の座る場所はちゃんとありました。クラスメイトとの輪も少しずつ広がり、ゴールデンウィークを過《す》ぎるころには「兄貴《あにき》」とあだ名をつけられて、みんなと親しく交わっていました。定時《ていじ》制《せい》だけあって、あまり素行《そこう》の良くない者も何人かはいましたが、私は誰《だれ》とでも仲良くやっていました。最年長ということで、クラスの議長にも選ばれ、期せずしてクラスのリーダー的な存在《そんざい》になっていました。

そして気がつくと、初めて学校が楽しいと感じている自分がいたのです。

考えられない変わりようです。あの小学校、中学校時代の自分は何だったのでしょう。クラスメイトとの会話も楽しいし、何よりも、学校で習うことはどれも楽しく、これほど真剣《しんけん》に授業を受けるのも初めてでした。

目指すは超難関《ちょうなんかん》

物理を本格的《ほんかくてき》に学ぶなら大学に行こう。

小学三年のドリルをやりながら漠然《ばくぜん》と思い描《えが》いていた将来《しょうらい》の夢《ゆめ》は、やがて確《かく》信《しん》に変わりました。高校だけでは十分ではない、絶対《ぜったい》に大学に行くぞ。まだ高校にも入っていないときから、そう心に決めていました。そしてそれとなく、大学に関する情報《じょうほう》にも目を配っていました。

そんなとき、まだ高校入試の前でしたが、科学雑誌《ざっし》「ニュートン」を読んでいたら、「天文学者になるには」という特集があり、全国の大学の中で理学部、特に天文学を主とした学科を持つ大学を紹介《しょうかい》していました。物理を学ぶのは理学部ですから、私《わたし》はそこに並《なら》ぶ大学名を興味《きょうみ》を持って眺めました。

しかし、理学部があればどの大学でもいいというわけにはいきません。私が大学に望む条件《じょうけん》は、交際《こうさい》していた彼女《かのじょ》のことと、経済的《けいざいてき》な面を考えて、自宅《じたく》から通えるところにあり、授業料《じゅぎょう》免除《めんじょ》などの制度《せいど》が整っている国公立大学でした。

それで「ニュートン」の記事で調べてみたところ、私の住む愛知県に理学部・物理学科が存在《そんざい》する大学は国公立、私立《しりつ》を合わせても、名古屋大学しかありませんでした。つまり、選択《せんたく》の余地《よち》はないということです。それ以外に物理を学べそうなところは、愛知教育大学に総合《そうごう》理学課程《かてい》というのがあるだけでした。

「名古屋大学かあ……」

名古屋大学といえば、理論《りろん》物理学の坂田昌一《さかたしょういち》教授《きょうじゅ》もいたことのある物理学の名門です。しかし、そのころの私は名古屋大学がどれほどの大学か皆目《かいもく》知識《ちしき》がありませんでしたから、彼女に聞いてみました。

「頑張《がんば》って勉強すれば名古屋大学に入れるかな」

「えっ、それは無理だよ」

彼女は一言のもとに切り捨《す》てました。

「いくら勉強しても、とても無理だよ。だって一浪、二浪《ろう》した人が必死になって勉強しても受からないことがあるのに、人より遅《おく》れていて、しかも仕事しながら勉強している人が現役《げんえき》と競争するなんて、絶対《ぜったい》無理。そんなに甘《あま》くないよ」

そこまで言われると、逆《ぎゃく》に挑戦《ちょうせん》したくなるものです。

「じゃあ、もし受かったら百万円くれる？」

「百万円で合格《ごうかく》できたら安いものよ」

こうして二人の賭《か》けと、本格的《ほんかくてき》な受験勉強がスタートしました。

ともあれ、重要なのは実力なので、まずは実力をつけることが最優先《さいゆうせん》の課題です。理系《りけい》の学部を受験するならば、数学と英語と理科（物理）が主要科目になりますが、まずは数学を何とかしなければなりません。なぜなら物理は数学語(数式)で書かれているので、物理を理解《りかい》するには数学を理解する必要があるからです。

そこで、一年生の間は数学の勉強を重点的に進めていくことにしました。確《たし》かに彼女《かのじょ》の言う通り、仕事をしながらでは、かなり限《かぎ》られた時間しか勉強することができず、全科目に集中することはできませんから、重点主義《しゅぎ》で行こうと決めたのです。

私《わたし》に大学進学の意志《いし》があることは先生にも伝えました。高校生活にも慣れたころ、勉強の進め方や進学について、土田先生に相談したのです。まず、今までに豊川高校の定時制《ていじせい》から大学に進学した先輩《せんぱい》は、どの大学に何人ほどいるのかを尋《たず》ねたところ、土田先生の知る限《かぎ》りでは、すべて文系《ぶんけい》の学部で、理系の学部に進んだ人は一人もいないということでした。

「やっぱり、定時制から理系を目指そうというのは異例《いれい》なんだ」

先人が一人もいないというのはショックでしたが、しかし私はめげませんでした。大学で物理を学ぶという目標を引っ込《こ》める気はありません。私は高校入試の作文に、物理を学ぶために大学に進学したいとは書きましたが、具体的にどこの大学に進学したいとは書いていませんでしたから、この作文を読んだ先生方は一種の夢《ゆめ》だと受け取ったかもしれません。

でも、今は名古屋大学という具体的な目標があります。夢ではないのです。それで、名古屋大学を受験するのならば、最低これくらいはできなければいけないという具体的な学習目標や学習計画を知りたくて、思いきって土田先生に、

「実は、名古屋大学に行きたいのですが……」

と切り出すと、言い終わらないうちに、

「それは無理だよ」

ときっぱり言われました。

それもそのはず、中学最後の成績《せいせき》は音楽と技術《ぎじゅつ》が2で他《ほか》は全《すべ》て1、しかも長

年のブランク付きとくれば、相手にされないのは当たり前のことです。普通《ふつう》に考えて、私《わたし》が進学できる可能性《かのうせい》はまったくありません。

しかし私は退《ひ》き下がりませんでした。どうしても物理を勉強したい、落ちこぼれでオール１でもやる気だけはある、ということを切々と訴《うった》えると、土田先生は、

「理系《りけい》のことだから、理系の先生に聞いたほうがいいだろう」

と、定時制《ていじせい》の数学を担当《たんとう》している石本《いしもと》先生に相談するように勧《すす》めてくれました。すぐに石本先生のところに行き、自分が進学したいと考えていること、しかも物理を学びたいために理系の学部に行きたいと考えていることを話し、それにはまず何から始めればいいのかと相談しました。

しかし、石本先生からは土田先生と同じ反応《はんのう》が返ってきました。定時制から国公立大学へ進学するのは至難《しなん》の業《わざ》であり、さらに理科系とくれば前例もなく、無理だろうというのです。それでも石本先生は、

「とりあえず、これでもやってみて、解《と》けたものから見せにきて」

そう言って、豊川高校の特別進学（特進）コースで使用している数学の問題集を渡《わた》してくれたのです。特別進学コースとは、全日制の大学進学希望者だけを集めた、いわば受験クラスです。その問題集でした。

それは、一枚《まい》の紙に問題が一つだけ書いてあり、余白《よはく》は解答欄《かいとうらん》となっているシンプルなもので、例題や解答《かいとう》などは一切《いっさい》ついていません。

「これが大学受験生の数学の問題か」

それからは毎晩《まいばん》、その問題集に取り組みましたが、さすがに受験クラスの数学です。初めて目にする問題や、どうやって考えて解けばいいのか見当もつかない問題も多数ありました。それでも必死に取り組んで、七、八割《わり》は自力で答えを出せたでしょうか。一年生の一学期が終わり夏休みに入ってからも、その問題集に取り組み、問題が解ければ石本先生に郵送《ゆうそう》して、採点《さいてん》してもらいました。

こうして石本先生に見てもらうことで、私《わたし》が本気であり、努力を惜《お》しまない覚悟《かくご》があると分かってもらえたのです。それで二学期になると、「特別進学（特進）コースの実力テストを受けてみないか」と、石本先生は特別な便宜《べんぎ》を図《はか》ってくれました。全日制《ぜんにちせい》の受験クラスのテストを、定時制の生徒に受けさせてくれるというのです。私に異論《いろん》のあるはずがありません。自分の実力が受験生の中ではどれほどのものなのか試《ため》してみる、いい機会です。

定時制の授業《じゅぎょう》が終わった後、石本先生は私一人のために残り、私一人のためのテストを実施《じっし》してくださったのです。問題は思っていた以上に難《むずか》しく、何点取れたのか覚えていませんが、順位としては特別進学コースの中ほどより下の成績《せいせき》だったと思います。

テストの結果はあまりパッとしませんでしたが、石本先生は私のやる気を認《みと》めてくださいました。それからは特別進学コースの定期テストや模擬《もぎ》試験など

を毎回受けさせてくれるだけではなく、

「補習《ほしゅう》をしないか。進学補習だ。週に一日、授業が終わった後にやろう」

と提言《ていげん》してくださったのです。もちろん私は、ぜひに、とお願いしました。

定時制は一日四時間授業で、放課後に教室の掃除《そうじ》を済《す》ませると夜九時ごろになります。その時間から補習するのですから、終わる時間は夜十一時前後になり、ときには夜中十二時まで学校にいることもありました。これは、自分が望んで補習を受けている私には別に何ということもありませんが、石本先生には大変な負担《ふたん》のはずです。

私の補習をしたからといって給料が増《ふ》えるわけではありません。もちろん、補習の義務《ぎむ》も責任《せきにん》もありません。にもかかわらず、純粋《じゅんすい》に教師《きょうし》と生徒という関係にもとづいて、まったくの善意《ぜんい》から補習を続けてくれたのです。特進の先生方とやり取りしながら、私のバックアップをしてくれたのです。

そんな石本先生のためにも、特進の生徒に劣《おと》らない力をつけようと、密《ひそ》かに心に誓《ちか》いました。少なくとも数学だけでも学内トップになろう！　それが私《わたし》の当面の目標でした。

このころの私は、仕事と食事と寝《ね》ているとき以外の時間は、すべて勉強に充《あ》てていました。朝も五時に起きて、仕事に行くまで勉強して、夜は十二時までやり、風呂《ふろ》に入るときは濡《ぬ》れても大丈夫《だいじょうぶ》な本を持ち込《こ》み、布団《ふとん》に入っても本を放しませんでした。

一年生の三学期になると、石本先生がまた新たな提言《ていげん》をしてくれました。業者の催《もよお》す全国模試《もし》を受けてみないかと勧《すす》めてくれたのです。日頃《ひごろ》、定時制《ていじせい》の中で勉強している私は、井《い》の中の蛙《かわず》です。

たまに全日制の特進のテストで自分の実力を測《はか》る機会はありますが、受験を目指す全国の高校生の中で自分がどんな位置にあるのかは分かりません。全国模試を受ければ、点数と順位によってそれが如実《にょじつ》に分かります。喜んで参加することにしました。

42・195㎞を走るマラソン選手の目標はゴールですが、あまりにも距離《きより》が離《はな》れていると気持ちが滅入《めい》ってきます。そこで、次の電柱を目標に走り、それを過《す》ぎるとまた次の電柱というように、目に見える身近な目標を持って走ることで長距離を走りきる、という話を聞いたことがあります。

これを私の勉強に当てはめると、高校生活のゴールは超難関《ちょうなんかん》の名古屋大学合《ごう》格《かく》で、身近な目標は豊川高校で一番になることでした。

しかし、はっきり言って定時制の授業《じゅぎょう》のレベルは、大学受験を目指す学校の授業とは格段《かくだん》の差があります。そもそも定時制で行われる授業の目的が違《ちが》うので仕方ありませんが、これが私には重荷になってきました。学校の授業は授業で受けて、受験のための勉強はそれとは別に独学《どくがく》でこなしていかなければならないのです。

するとここでも、学校は私に特典を与《あた》えてくれました。私の受験勉強がはかどるように、土田先生が、

「授業中《じゅぎょう》であっても自習してよい」

という特例を認《みと》めてくださり、他《ほか》の教科の先生方にも働きかけてくれて、同じように自習の許可《きょか》をいただいたのです。

また、全国模試《もし》でも学校は特例を認めてくれました。受験する模試が三教科なら、少なくとも受験時間が三時間は必要ですが、昼間は仕事で登校できない私《わたし》には受験することができません。そこで先生方の厚意《こうい》により、定時制《ていじせい》の授業時間を受験の時間に充《あ》ててくださり、出席扱《あつか》いで別室で模試を受けることができるようになったのです。

親身になって教えてくれる石本先生のためにも、何とか良い成績《せいせき》を取りたい、せめて数学だけでも校内一になりたい、そう思い取り組んでいましたが、一年生の間には十番以内に入るのがやっとという感じでした。

勉強に専念《せんねん》

二年生になると、私の勉強の環境《かんきょう》がガラリと変わりました。豊川高校の理科実験助手になったのです。

これは一年生の夏に土田先生が持ちかけてくれた話でした。

理科実験助手というのは、豊川高校の全日制が行うさまざまな実験の準備《じゅんび》、および雑務《ざつむ》を行う役です。実験で用いる薬品の調合、実験器具の下準備から片付《かたづ》け、そして化学室、物理室、生物室の管理や、足りなくなった薬品の発注などが主な業務《ぎょうむ》で、アルバイト的な存在《そんざい》です。もともと、向学心のある定時制の生徒をこの職《しょく》に就《つ》かせるというのが学校の方針《ほうしん》のようでした。

常《つね》に化学準備室に詰《つ》めているけれど、とくに仕事がない場合は好きなように過《す》ごしてよい、時間が空いているときは勉強に充ててもよいという条件《じょうけん》でした。

私は迷《まよ》いました。

ここで、この話を受ければ、当然今の仕事をやめなければなりません。現場《げんば》で主任《しゅにん》にもなれるほど今の仕事に打ち込《こ》んできて、生活も安定し、周りの人にも恵《めぐ》まれている今の生活を全《すべ》て捨《す》てなければなりません。

理科実験助手の仕事は一時的な腰掛《こしか》けであり、将来《しょうらい》に対する保障《ほしょう》は何もない。仕事量も少ないので、比例《ひれい》して給料も今までの三分の一になる。今までの仕事を捨ててまで進学に挑戦《ちょうせん》しても、それに伴《ともな》った結果が得られるかどうか分からない。しかし、体力的、時間的な余裕《よゆう》は大幅《おおはば》に確保《かくほ》でき、勉強に集中できる環《かん》境《きょう》は整う。

さまざまな考えが頭を駆《か》けめぐりました。

が、私《わたし》は自分に言い聞かせました。将来への不安は今に始まったことではなく、これまでの悲惨《ひさん》な生活の中では何度も経験《けいけん》してきたことではないか。ここで尻込《しりご》みしてどうなる。

「どうしてあのときやらなかったのだろうという後悔《こうかい》だけはしたくない」

と誓《ちか》ったではないか。

それで、この話を受けることにしたのです。

一年生の終わりに近づいたころ、私は自分の決意を渋山建設《けんせつ》の社長に報告《ほうこく》に行きました。大学を目指して勉強したいので学校の理科実験助手の職《しょく》に就《つ》く、ついては三月いっぱいで退社《たいしゃ》したいと打ち明けました。すると社長は、「お前がやりたいと言うのなら、俺《おれ》は応援《おうえん》してやるぞ、頑張《がんば》れ」そう言ってくれました。今までさんざんお世話になっておきながら、こんな身勝手な言い分に対し「応援してやる」というのです。その言葉に私は涙《なみだ》の出るような思いでした。

この仕事で培《つちか》った、物作りに関するさまざまな勘《かん》や知《ち》識《しき》そして技術《ぎじゅつ》は、後にいろいろな場面で私を助けてくれ、この仕事を経験できて良かったと思っています。そして、この人生の選択《せんたく》を応援してくれた社長や専務《せんむ》には今でも感謝《かんしゃ》しています。

こうして、二年生の四月から、新しい生活が始まりました。給料は月に数万円で、そこから保険料《ほけんりょう》を引いたものが手取りとなります。今までの給料からすれば約三分の一ですが、彼女《かのじょ》の協力もあり、何とかこのお金で生活するように心がけ、足りないときには貯金を切り崩《くず》してやりくりしていくことにしました。

理科実験助手は普段《ふだん》は化学準備室《じゅんびしつ》に詰《つ》めています。この準備室は狭《せま》く、薬品の臭《にお》いが立ち込《こ》め、何ともいえない不気味さをかもし出していました。さらに、何に使っていたのか分からないような地下室まであり、いっそう不気味な雰囲《ふんい》気《き》を盛《も》り上げていました。まさに〝学校の怪談《かいだん》〟の舞台《ぶたい》にうってつけのような秘密《ひみつ》めいた場所です。そんなところですから、全日制《ぜんにちせい》の生徒もめったに近づかないので、私《わたし》は一日をほとんど一人で過《す》ごしていました。

しかし、この場所に納《おさ》まった私は、せっかく手に入れたこの立場を最大限《さいだいげん》に活用して進学に役立てようと意気込《いきご》んでいました。実際《じっさい》、理科実験助手になってからは、早朝と勤務《きんむ》時間の空いている時間と、学校が終わってからの時間を勉強に充《あ》てることができるようになり、仕事も、以前の肉体労働に比べると身体的疲労《ひろう》は少なく、かなりの時間を効率《こうりつ》よく使うことができました。

もっとも、予想外の雑用《ざつよう》に振《ふ》り回された時期もありました。このころ、豊川《とよかわ》高校創立《そうりつ》七十周年に向けて校舎新設《こうしゃしんせつ》の工事が始まり、物理室、化学室、生物室とそれぞれの準備室は、旧《きゅう》校舎から新校舎へ移動《いどう》することになったのです。これは大仕事でした。実験器具の梱包《こんぽう》や薬品の整理、書籍《しょせき》類の片付《かたづ》けなど、仕事は立て続けに待ち構《かま》えていたのです。

二年生から、通信制高校の授業《じゅぎょう》も始まりました。高校を三年間で卒業するためには、二年生から卒業までの二年間、通信制高校と定時制高校の両方に通う必要があるのです。通信制は月に一度の登校日があり、成績《せいせき》の評価《ひょうか》は、学期末に行われる試験とレポート、授業の出欠で判断《はんだん》されます。あらかじめ提出《ていしゅつ》すべきレポートを渡《わた》され、期日までに書き終えて郵送《ゆうそう》すると、添削《てんさく》して返送されるという形です。

こうしていろんな形で勉強を進めていくと、定時制の先生はもちろんのこと、全日制の先生や通信制の先生方とも面識《めんしき》ができ、この人脈が勉強を進めていくのに大いに役立ちました。また、勤《つと》め先が学校というのも有利に働きました。石本先生を煩《わずら》わせて橋渡《はしわた》ししていただかなくても、特進の先生方と直接連絡《ちょくせつれんらく》が取れるようになったし、石本先生だけに頼《たよ》らずにいろいろな先生に疑問《ぎもん》点をすぐに質問《しつもん》できるようになったのです。

とにかく貪欲《どんよく》に知識《ちしき》を吸収《きゅうしゅう》していきました。

数学が県内トップに

一年生のあいだは物理を学ぶための基礎《きそ》固めに数学を集中して勉強しましたが、二年生になったので、いよいよ憧《あこが》れの物理に手を広げることにしました。

石本先生は理学部の物理学科を卒業されており、大学院も修了《しゅうりょう》されているので、数学だけではなく物理の補習《ほしゅう》も強くお願いしたところ、快《こころよ》く引き受けてくれました。

しかし、たとえ好きな物理といえども、勉強を始めたころの模試《もし》の成績《せいせき》は大したことなく、半年くらいは校内でも十番に入るかどうかというところでした。

でも、楽しんでいました。なかなか成績は伸《の》びませんでしたが、この時期、好きな物理を勉強できるだけで楽しくて楽しくて仕方なかったのです。今まで読んできた物理の本、そこに登場するちんぷんかんぷんの数式たち、それを自分が理《り》解《かい》できることに、とてつもない喜びを感じ、九九も言えず分数の計算もできなかった私《わたし》が、よくこれを理解できるところまで来たなと、感動していました。

理解できることの嬉《うれ》しさのほうが大きく、成績のことはあまり気にならず、また、自分自身に妙《みょう》な自信があり、いつか私が一番になると信じていました。

そして、この自信は二年生の二学期に実現《じつげん》するのです。

私の受験を応援《おうえん》しようという学校側の厚意《こうい》はその後も続きました。

特進コースの牧田《まきた》先生は二年生の夏休みに、特進コースの夏期講習《こうしゅう》に出てはどうかと誘《さそ》ってくれました。それまで特進コースと同じ模試《もし》やテストを受けさせてもらっていましたが、特進の授業《じゅぎょう》そのものに参加できるのです。

さすがに特進だけあって授業は難《むずか》しく、数学以外は、ただ座《すわ》っているだけの状態《じょうたい》で過《す》ぎていきました。それでも、進学を目的とした授業はどんなものか、肌《はだ》で感じることができたのは大きな収穫《しゅうかく》でした。やはり、一人ではなく同じ目標を持った仲間と競《きそ》ってこそ、危機感《ききかん》が生まれるものです。そして、これを機会に特進コースへの出入りが始まり、生徒たちと何度か顔を合わせるうちに言葉を交《か》わすようになり、知人が友人へと変わっていったのです。

私《わたし》のもう一つの課題は英語でした。名古屋大学にしろ愛知教育大学にしろ、国立大学を受験するならばセンター試験の国語、数学、理科、社会、英語の五教科を受けなくてはいけません。さらに、二次試験があります。

名古屋大学では数学、英語、物理、化学で受験し、愛知教育大学を受けるとすれば数学、英語、物理で受験することになります。どちらにしても、数学と物理以外に英語が二次試験まで付いてくるのです。つまり、英語も二次試験に耐《た》えられるように勉強する必要がある、ということです。

もともと私は英語には強烈《きょうれつ》な苦手意識《いしき》を持っていましたが、そうも言っていられないので、覚悟《かくご》を決めて本格的《ほんかくてき》に英語に取り組み始めました。

定時制《ていじせい》で英語を担当《たんとう》していた白川《しらかわ》先生に相談したところ、週に一度、定時制の授業の後に補習《ほしゅう》をしていただけることになったのです。白川先生は英語が苦手な私を本当に丁寧《ていねい》に指導《しどう》してくれました。

学校が休みの日には、よく図書館で勉強をしたものです。開館から閉館《へいかん》までずっと図書館にいて、ときにはお昼ご飯を食べる時間も惜《お》しくて、トイレに行くために二回席を離《はな》れただけでずっと勉強していることもありました。学校でも、必要な仕事以外で席を立つことはなく、理科の先生方の間では、

「あの助手はいつ見ても勉強している」

り理科実験助手の仕事にもすっかと噂《うわさ》になるほどでした。このころの私《わたし》は、理科実験助手の仕事にもすっかり慣《な》れて、勉強している自分が当たり前になっていたのです。あのオール1で落ちこぼれの中学生のときの自分と同じ人間とは思えないほどです。いったい中学のころは何に興味《きょうみ》を持っていたのだろうと思い返してみても、少林寺拳法《けんぽう》以外は思い当たりません。今は知的好奇心《こうきしん》で溢《あふ》れているのに、あのころ知的に興味を持ったものといえば、わずかに横溝正史だけだったような気がします。

そんな鈍感《どんかん》な私に知ることの喜びを教えてくれたのは、言うまでもなくアインシュタインでした。しかし、なぜあのとき、彼女《かのじょ》から借りたビデオを見たとき、アインシュタインの知的世界を受け入れ、感動することができたのでしょうか。それは今でも不思議です。番組の力のせいでもあるでしょうが、それだけではないでしょう。脳細胞《のうさいぼう》の配列が突然《とつぜん》変わったのか、あるいは、そういう素地《そじ》が育っていたのか、よく分かりません。

二年生の二学期の勉強も進み、精進《しょうじん》の甲斐《かい》あって、十月に行われた旺文社《おうぶんしゃ》の模試《もし》で、念願の物理と数学が「校内のトップ」になり、そればかりか、なんと数学は「県内でもトップ」を取ることができたのです。そしてそれ以降《いこう》は、模試やテストで数学や物理のトップになることはそんなに珍《めずら》しいことではなくっていきました。

自分のしていることに結果が付いてくるのは嬉《うれ》しいことです。しかし、それ以上に私は、少しでも石本先生に恩返《おんがえ》しできたことが嬉しくて仕方ありませんでした。

勉強のみの生活とは、単調で地味なものですが、ときに、理解《りかい》できるという、自分の知らなかったものが分かるようになるという、ささやかな喜びがあります。また、理解したつもりでいたものが、実はまだまだ理解の途中《とちゅう》だったりして、より深く理解するとはどんなことかと知ることができるのも、勉強の良いところです。

第五章　オール1から大学受験へ

大学受験

父親のような先生

二年生の三学期になると、予定されていた化学室、物理室、生物室の新校舎《こうしゃ》への引っ越《こ》しが本格的《ほんかくてき》に始まりました。

段《だん》ボールを集め、実験器具や薬品を新校舎の教室に運び、それをほどいて整理する。薬品の在庫《ざいこ》はすべてチェックして不要なものは処分《しょぶん》し、薬品リストを新たに書き直してラベルを貼《は》って棚《たな》に納《おさ》める。これらの作業に一カ月くらい要しました。それが私《わたし》の仕事なのですから、勉強時間が削《けず》られるのは悔《くや》しいけれど、黙々《もくもく》とこなしていきました。

それに、この引っ越しで良かったことは、新しく移《うつ》った化学準備《じゅんび》室は以前の部屋よりはるかに広く、窓《まど》も大きく、怪談《かいだん》話の舞台《ぶたい》とは無縁《むえん》の、とても明るい雰囲気《ふんいき》だったことです。

私は自分の机《つくえ》の場所を決め、目の前に名古屋大学の豊田《とよだ》講堂《こうどう》の写真を貼りつけ、この場所から受験生としての生活が始まる緊張感《きんちょうかん》を楽しんでいました。

しかし、このころ、ショックな噂《うわさ》を耳にしました。私の一年のときからの担《たん》任《にん》で、私と同じく早くに両親を亡《な》くされ、私が父と慕《した》っていた土田先生が、二年終了《しゅうりょう》時で退職《たいしょく》されるというのです。初めは半信半疑《はんぎ》でしたが、どうにも気になるので直接《ちょくせつ》、土田先生に伺《うかが》ったところ、

「実は、そのつもりです」

噂は本当なのでした。

「先生、嘘《うそ》でしょ。なんとか考え直していただけませんか。土田先生がいない

学校なんて、考えられません。どうか、あと一年、私《わたし》が卒業するまで私を見守って下さい！」

無《む》茶《ちゃ》苦《く》茶《ちゃ》な話ですが、考えるより先に私の口が動いていました。先生には先生なりの人生設計《せっけい》があるでしょうに、一年間を私のために費《つい》やして下さいと言っているのですから、身勝手もいいところです。

土田先生は、私が風邪《かぜ》で学校を休んだときなど、わざわざ授業《じゅぎょう》後に私の家までお見舞《みま》いに来てくれる優《やさ》しい先生です。そんな先生とどうしても三年間一緒《いっしょ》にいたいという、私の我《わ》がままでした。

そんな我がままに対して、先生はしばらく沈思《ちんし》黙考《もっこう》して、

「では、君の受験まで見守ろう」

と受け入れて下さったのです。

何という心の広さでしょう。私が父と慕う所以《ゆえん》です。

学年が変わると、他《ほか》の先生方の異動《いどう》もあり、それまで数学と物理の補習《ほしゅう》でさんざんお世話になっていた石本先生が全日制《ぜんにちせい》へ移《うつ》り、定時制へは武川《たけかわ》先生が来られました。武川先生も私のために週に二回のペースで進学補習をして下さいました。

そのころの校舎《こうしゃ》はまだ冷暖房完備《れいだんぼうかんび》ではなかったので、暑い日は汗《あせ》だくになり、寒い日はストーブを間に震《ふる》えながら、深夜まで私一人のために一生懸命《いっしょうけんめい》に指導《しどう》して下さいました。おかげで、受験に耐《た》える学力も徐々《じょじょ》に上がっていきました。

いよいよ本格的《ほんかくてき》な受験勉強です。国語・数学・物理・化学・倫理《りんり》政経《せいけい》・英語の六科目を満遍《まんべん》なく勉強しなければなりません。必死で取り組みました。日頃《ひごろ》の勉強のほか、私が受験戦略《せんりゃく》として重視《じゅうし》した点は、多くの模試《もし》に努めて参加しようとしたことです。学校で行われる模試のほかにも、全国模試、センター模試、名古屋大模試など、目についたもの全《すべ》てを受ける覚悟《かくご》で貪欲《どんよく》に受けました。

現役《げんえき》の受験生と比較《ひかく》できる場に出て、試験の雰囲気《ふんいき》に少しでも接《せっ》することが大切だと考えたからですが、今から思えば、このことは〝場に慣《な》れる〟こと以外にも、

・時間内に解《と》く感覚
・出来るものから手をつける勘《かん》
・会場での集中力維持《いじ》
・解答《かいとう》のスピードアップ
・問題にかける時間配分

などの受験力を、体験的に学習する場になりました。試験の独特《どくとく》の雰囲気や緊張感《きんちょうかん》の中で実力を発揮《はっき》するには、やはり実戦の経験《けいけん》が必須《ひっす》です。極度の緊張の中で、突然《とつぜん》分からない問題に出くわしたときの対処《たいしょ》方法や、難問《なんもん》への見切りのつけ方などは、教科書を読んだだけでは身につきません。焦《あせ》りながら問題を解いても間違《まちが》えない力を付けることはとても重要であって、特に数学や物理な

どの計算では、単純《たんじゅん》なミスが命取りになります。一点、二点が合否《ごうひ》を分ける受験では、どこまで自分に厳《きび》しく訓練するかが勝負の分かれ目となります。私《わたし》はとことん自分に厳しく接するようにしていました。

自分に厳しくといえば、余談《よだん》になりますが、定時制《ていじせい》に入学する前は酒も煙草《たばこ》も嗜《たしな》んでいましたが、勉強すると決めてからは、酒とも煙草とも一切縁《いっさいえん》を切りました。付き合いでビールを口にすることはありましたが、年に一、二回のことでした。

受験生の時間はあっという間に過《す》ぎていき、夏休みを迎《むか》えるころには生活態《たい》度《ど》も心構《こころがま》えも受験一色、もう追い込《こ》みの態勢《たいせい》になります。この最後の夏休みをどう過ごすかが勝負を決めるといっていいでしょう。

私は私なりに夏休みの学習の計画を立て、図書館での勉強を中心にしようと考えていました。すると、土田先生がこう提案《ていあん》して下さったのです。

「夏休みの間、ご飯を作る時間も惜《お》しいだろうから、家《うち》に来て泊《と》まり込《こ》みで勉強してはどうだろう」

土田先生は、お寺の住職《じゅうしょく》も兼《か》ねておられるので、そのお寺に泊まって勉強することを勧《すす》めてくれたのです。まさに慈父《じふ》のような存在《そんざい》です。私《わたし》はお言葉に甘《あま》えて、図書館が休館するお盆《ぼん》前後に、お世話になることにしました。夏の真っ盛《さか》りでしたが、広くて天井《てんじょう》の高いお寺での勉強は快適《かいてき》でした。このときの泊まり込み学習では、なぜか、先生のお宅《たく》で初めていただいたゴーヤーの苦さが妙《みょう》に心に残っています。

この年の夏休みもまた、特進コースの夏期講習《こうしゅう》を受けさせてもらいましたが、そればかりではなく、ときどき特進の授業《じゅぎょう》そのものにも出席させてもらい、殊《こと》に七時間目には毎回授業に参加するようになり、半分は特進コースの生徒みたいになっていました。

定時《ていじ》制《せい》の授業後に行う補習《ほしゅう》は、数学が週二回、英語が週二回、国語が週一回と、毎日が補習日になりました。センター試験で受ける社会の倫理《りんり》政経《せいけい》は、土田先生がお詳《くわ》しく、授業後に疑問《ぎもん》点を教えてもらったり、ときには晩《ばん》ご《ご》飯を御馳走《ちそう》になりながら補習をしていただきました。

こうして、多くの先生方のご厚意《こうい》や特別のはからいで、私の受験態勢《たいせい》は整えられたのでした。感謝《かんしゃ》してもしきれない気持ちです。

修学旅行《しゅうがくりょこう》

こんな臨戦《りんせん》態勢にもかかわらず、十一月には修学旅行がありました。聞くところによると、受験校の修学旅行は高校二年生で実施《じっし》するのが普通《ふつう》らしいですが、定時制の修学旅行は三年生のときに行うのです。この年の豊川高校定時制の三年生は一クラスだったので、行き先を決める話し合いもすんなり結論《けつろん》が出て、北海道へ行くことになりました。

しかし、私は躊躇《ちゅうちょ》しました。センター試験が一月にあるので、日程的《にっていてき》に追い込《こ》みの真っ最中と重なります。それに、金銭的《きんせんてき》な理由からも、これは遠慮《えんりょ》しようかと考えました。ところが、その私《わたし》の考えを見透《みす》かしたように、土田先生が声をかけて、

「勉強が忙《いそが》しいのも分かるけれど、一生に一度のことだから行ってみてはどうかな。お金のことが心配で行かないのなら、私が何とかしてあげるから、もう一度考えてみて下さい」

先生にここまで仰《おっしゃ》っていただき、私は胸《むね》が熱くなりました。そして、北海道へ行くことに決めました。

北海道は素晴《すば》らしく、二泊《はく》三日はあっという間に過ぎていきました。

小学校や中学校の修学《しゅうがく》旅行には、楽しい思い出などありません。旅行の班《はん》を作るのにも仲間外れにされ、出がけに父から怒鳴《どな》られたり、旅行先でいじめられないかとびくびくしたり、身を潜《ひそ》めるようにして過《す》ごしたものです。

しかし、この旅行は違《ちが》いました。とても楽しく、壮大《そうだい》な景色や初雪、朝市に

ラーメン……今でも大切な思い出になっています。

センター試験対策《たいさく》

修学旅行から帰ると、あとは一月のセンター試験に向けてまっしぐらです。私は以前より対策を考えていました。センター試験にはセンター試験の技術《ぎじゅつ》があるのです。

数学や物理は、計算の結果として答えが出ますが、国語、社会、英語などは本質的《ほんしつてき》に、知識《ちしき》がなければ答えることができない教科です。つまり、数学や物理は論理《ろんり》の積み重ねで成り立っているので、推理《すいり》し考えることで答えを導《みちび》き出すことができますが、国語や社会、英語は知識がなければどうにもならない。

bookという単語の日本語の意味を知らなければ、いくら考えても分からないままです。その意味で、この三教科は地道な知識の蓄積《ちくせき》が要求される教科だといえます。

ただし、センター試験にはセンター試験特有の形式があります。その形式にうまく対応《たいおう》する方法を考えるのが、センター試験対策《たいさく》です。

センター試験特有の形式とは、解答《かいとう》法がマークシート方式だということです。文字や数字を書く必要はなく、つまり「書く」能力《のうりょく》については測《はか》られていないのです。極端《きょくたん》な言い方をすれば、英語の試験で、英単語を書けなくても読めて意味が分かれば、点が取れるのです。英作文だって、書く能力はなくても、文法の知識と読解力《どっかいりょく》があれば、どれが正解《せいかい》なのか判断《はんだん》することができるのです。

このように、マークシートにはマークシートの戦略《せんりゃく》というものがあり、選択《せんたく》肢《し》の中のどれが正解なのか、それを見抜《みぬ》くことができたら勝ちなのです。

私《わたし》にとっては、センター試験のみの教科は国語と倫理《りんり》政経《せいけい》でした。それで、この二教科については、最初からセンター試験に照準《しょうじゅん》を合わせて、なるべく点数に直結する勉強方法や、配点の重みを重視《じゅうし》した勉強法を考えました。

これは、学問を学ぶ姿勢《しせい》としては間違《まちが》っているでしょうが、受験対策としては、やむをえません。一つひとつの教科を心行くまで学ぶには時間の余裕《よゆう》がないのです。また、何としてでも現役《げんえき》の生徒と肩《かた》を並《なら》べて大学に入らなければ、私がここまでしてきたことの意味がありません。結果を出さなければ、これからの人生を切り開くことができないのです。

私は入試のルールに反しない限《かぎ》り、どんな手段《しゅだん》を使ってでも勝ちにいくつもりでした。また、自分にはそれができると信じていました。そのために暑い夏も、寒くて鉛筆《えんぴつ》を持つ手が震《ふる》えるような冬も、早朝から深夜まで勉強してきたのですから。

そのころ、こんなことがありました。ある日、通信制《つうしんせい》の先生から、

「合格《ごうかく》できなかったら、来年どうするの」

そう聞かれたのです。私は合格することしか考えていなかったので面食《めんく》らいましたが、とっさにこう答えました。

「合格《ごうかく》できなかったときのことは全く考えていません。合格するつもりですから」

逆《ぎゃく》に、先生のほうが面食《めんく》らってしまったようです。

「合格できなかったときのことを考えていないなんて、驚《おどろ》きました」

そう言われました。また土田先生からは、

「もし大学が駄目《だめ》だったら、来年、もう一年理科実験助手をやりますか」

という打診《だしん》がありました。私《わたし》は、駄目だったときにはぜひそのようにと、お願いしましたが、それにしても、周りから不合格の場合の話が出始めると、妙《みょう》な自信があった私も、いささか不安になり始めました。

「俺《おれ》は合格する自信があるのに、周りの人の客観的な目から見たら五分五分なのかなあ」

それで、彼女《かのじょ》にこう聞きました。

「もし不合格ならどうする？」

「別れる！」

即答《そくとう》でした。

彼女と出会ったときの私は中卒の大工だったので、少林寺拳法《けんぽう》の有段者《ゆうだんしゃ》という以外に学歴も家柄《いえがら》もお金もない私と彼女が付き合うことじたい無理な話です。なぜなら彼女は国立大学を卒業しており、父親は会社の社長。すべてが私とは月とスッポンほども違《ちが》っていたのですから、私が親の立場なら、この交際《こうさい》に反対していたでしょう。それにもかかわらず彼女は、親の反対を押《お》し切って、この四年間、私を支《ささ》えてきてくれたのです。その彼女が、

「サクラチル」

でお別れだなんて……。

彼女に棄《す》てられないためにも、私は合格するしかなかったのです。

ついにセンター試験の日を迎《むか》えました。平成八年一月十三日（土）に英語、

数学I、数学II、物理。そして十四日（日）に化学、国語、倫理《りんり》政経《せいけい》で、私《わたし》の受験会場は豊橋技術《とよはしぎじゅつ》科学大学でした。

受験当日の朝、牧田先生が会場まで来て我々《われわれ》受験生を激励《げきれい》してくれました。そして会場に入り、指定された席に座《すわ》り、背中《せなか》に彼女《かのじょ》のくれた使い捨てカイロを貼《は》って、いざ本番です。これまで勉強してきたこと、三年間取り組んできたことを、この二日間の数時間に凝縮《ぎょうしゅく》しなくてはいけません。最後まで諦《あきら》めずに時間いっぱいまで解答《かいとう》用紙に向かいました。

後日、正解の解答番号を見て自己採点《じこさいてん》すると、全体としては模試《もし》より良い点を取ることができて、まずまずでした。得意の数学の出来が思いのほか悪く、今ひとつでしたが、物理は一問も間違《まちが》うことなく満点を取りました。

名古屋大学受験

センター試験が終われば、次はいよいよ目指す大学の試験になります。

国立大学を受験する場合は、チャンスが二回、ないし三回あります。

・二次試験前期
・二次試験後期
・推薦《すいせん》入試

前期試験は、センター試験の結果と二次試験の結果で合否《ごうひ》が判定《はんてい》され、後期試験はセンター試験の結果のみで判定されます。推薦入試は、センター試験の結果と書類審査《しんさ》で判断《はんだん》されますが、これは大学によって採用《さいよう》しているところと、そうでないところがあります。

受験生の傾向《けいこう》としては、センター試験の結果を勘案《かんあん》しながら目指す大学の二次試験を受け、安全対策《たいさく》として後期試験を受けるというのが一般的《いっぱんてき》なようでしたが、私は三回のチャンス全《すべ》てに挑戦《ちょうせん》するつもりで、とりあえず、推薦入試から挑戦することにしました。この年、名古屋大学も推薦入試を採用していたからです。

推薦入試はレベルが非常《ひじょう》に高いので、正直言って合格《ごうかく》は難《むずか》しいと感じており、私《わたし》の本命は前期試験で、これに懸《か》けるしかないと考えておりましたが、たとえ可能性《かのうせい》は低くても目の前にあるチャンスは全《すべ》て利用しようと、願書を取り寄《よ》せて自己《じこ》推薦文を書き始めました。

これまでの勉学の経緯《けいい》から、物理を学ぼうと決意したきっかけ、そして今後の大学生活に対する希望を綴《つづ》り、石本先生や武川先生をはじめとする先生方に添削《てんさく》していただき、何度か書き直して郵送《ゆうそう》しました。

この時期、高校生最後の年が明けたこの三カ月ほどは、受験生は身の置き所がないような不安定な気持ちの日々を送ります。自分の将来《しょうらい》がペンディングになったままなのですから、不安になって当然です。そのために、受験生たちは併願《へいがん》の大学を、場合によっては二つも三つも用意するのですが、実は私も、名古屋大学の受験に失敗したときのために、私立《しりつ》大学を一つ受験しました。

話は半年ほど前にさかのぼります。

豊川高校では、私が三年生になったときに、新しい校長が就任《しゅうにん》されました。

二学期のある日、私が〝根城《ねじろ》〟としている化学準備《じゅんび》室に校長先生自らが足を運ばれて、理科実験助手である私を励《はげ》まし、ご自身の体験や進学のことについていろいろお話しして下さったのです。校長先生に親身に話しかけられるだけでも驚《おどろ》きだったのに、

「国立だけではなく、私立大学も考えてみてはどうですか」

と、具体的なアドバイスをしてくれたのです。

私立大学。そのコースを、私も全く考えなかったわけではありませんが、私の経済状況《けいざいじょうきょう》では、たとえ合格できても入学金や授業料《じゅぎょうりょう》を払《はら》うことは難しく、学費を払いながら通うことは不可能と諦《あきら》めていました。国立ならば学費免除《めんじょ》の制度《せいど》があり、たとえ学費を払ったにしても私立よりははるかに安いので通うことはできそうだけれども、合格しても通うことができない私立は、受験する気

持ちになれない。先生にそう告げました。

すると校長先生は、

「私立《しりつ》も国立も受けるだけ受けてみて、もし私立にしか受からなかったら、私《わたし》が百万円差し上げるから、当面はそれを学費に回して、あとは自分の力で何とかするというのはどうですか」

と仰《おつしや》ったのです。私はびっくりしました。知り合って間もない校長先生がこんな自己犠牲《じこぎせい》まで払《はら》って私のためを思ってくれるなんてと、心を揺《ゆ》さぶられました。

いつも人様の厚意《こうい》にすがってばかりいる私ですが、校長先生の提案《ていあん》をお断《ことわ》りする理由はありません。国立も私立も両方受験することを決心しました。

そこで改めて、私の希望する物理が学べる学部があり、さらに自宅《じたく》から通える大学という条件《じようけん》で私立大学を調べてみると、幾《いく》つかある工学部を持つ私立大学の中で、中部大学の工業物理学科（現在《げんざい》は情報《じようほう》工学科）に、特別奨学生《しようがくせい》入試というものがあることが分かりました。これに合格《ごうかく》すれば、授業料《じゅぎょう》全額免除《ぜんがくめんじょ》の待遇《たいぐう》で学ぶことができるというものです。ただし、募集《ぼしゅう》人数はたった二名だけ。選抜《せんばつ》方法は、一次試験が学力検査《けんさ》で、合格者が二次の面接《めんせつ》試験を受け、これに合格すれば特別奨学生になれるという仕組みです。

「これならいいなあ」

と私は乗り気になり、校長先生からもこの入試を薦《すす》められたので、受験することにしました。

平成八年二月一日（木）、春日井《かすがい》市にある中部大学で一次試験を受けました。科目は数学、物理、英語の三教科です。それなりの点数は取れたと、手応《てごた》えはありました。それに私は、一次試験が通れば面接試験は合格する自信がありました。その根拠《こんきょ》は、誰《だれ》よりも物理を学ぶことに情熱《じょうねつ》を持っていると信じていたからです。

こうして、センター試験、名古屋大学の推薦《すいせん》入試、中部大学特別奨学生枠《わく》の学科試験、三つの試験を終えて、当面は結果待ちの落ちつかない日々を過《す》ごすことになりました。とはいえ、名古屋大学の推薦《すいせん》入試が不合格《ふごうかく》なら前期試験、中部大学の学科試験に合格なら二次面接《めんせつ》、どちらにしてもまだ試験を受ける可《か》能性《のうせい》は残っているので、安閑《あんかん》としてはいられません。今までと変わらぬペースで勉強を続けていました。

合格

平成八年二月十日の土曜日。いつものように図書館で朝から勉強して一日を過《す》ごしました。外では木枯《こが》らしが吹《ふ》いて、枯《か》れ葉が舞《ま》っていました。閉館《へいかん》の夜八時に図書館を出て帰宅《きたく》し、郵便《ゆうびん》受けに目をやるとレタックスが目に留《と》まりました。

「結果が来たか……」

案の定、名古屋大学からのものでした。中身は当然、推薦入試の選抜《せんばつ》結果通知書でしょう。

緊張《きんちょう》の一瞬《いっしゅん》！

しかし私《わたし》は慌《あわ》てませんでした。いや、慌てなかったというよりも、むしろ躊《ちゅう》躇《ちょ》したと言ったほうがいいでしょう。

「今ここで開封《かいふう》して不合格だったら、このあと何もやる気が起きなくなるんじゃないだろうか」

結果を先送りしたくなったのです。恋《こ》い焦《こ》がれた女性《じょせい》に告白の手紙を書いて返事をもらったとき、すぐには開けたくない気分になるのと同じでしょう。

私はまず、銭湯《せんとう》に行って体を温めてくることにしました。妙《みょう》な反応《はんのう》と思うかもしれませんが、自然とそういう気分になったのです。渋山建設《けんせつ》の建て方から定時制《ていじせい》高校生、理科実験助手……私と青春を共にしてきたお風呂《ふろ》屋《や》さんです。

湯船につかっていると、さまざまな思いが駆《か》けめぐりました。

「受かったかな、どうかな」

「センターの数学のあの問題がなあ……あれさえうまく解《と》いておけば……」

「だけど、自己《じこ》推薦《すいせん》文は完璧《かんぺき》だろう。俺《おれ》みたいに本気で物理を愛している受験生はほかにいないはずだ」

「いや、そんなに甘《あま》くはない。推薦入試の倍率《ばいりつ》は高いから、全国の受験エリートに勝たなければならないんだからなあ」

「いいよ。落ちていても、くよくよすることはない。まだ次がある」

「よし、明日からまた頑張《がんば》ろう」

風呂《ふろ》から上がって脱衣場《だついじょう》で服を着ると、いつもならそのまま帰るのですが、この日はベンチに座《すわ》って、コーヒー牛乳《ぎゅうにゅう》を一本飲みました。幼《おさな》いころ母と銭湯《せんとう》に行ったときに、好んで飲んでいた飲み物です。

テレビでは、北海道で数日前起きたトンネル崩落事故《ほうらくじこ》のニュースをやっていました。瀬戸際《せとぎわ》なのに、妙《みょう》にほどけた気分で、いつになく長い風呂になりました。

小さな石鹸《せっけん》をカタカタならして家に帰ると、ベッドに横になりました。自分の受験票を手元に置いて、レタックスを開封《かいふう》しました。合格者《ごうかくしゃ》の受験番号がずらっと表になっているだけの書類です。

私《わたし》は深呼吸《しんこきゅう》をして、ゆっくり番号をたどっていきました。

私の受験番号は６００１４。書類の一行目の合格者番号は６０００番台、二行目の番号が６００２０番台。私の番号があるとすれば一行目です。

左から右へ視線《しせん》を移《うつ》し、徐々《じょじょ》に自分の番号に近づいていきました。

「あった……」

そこには確《たし》かに自分の番号が載《の》っていました。

「間違《まちが》いないよな……同じ番号だよな……逆《ぎゃく》から見てないよな……これって、落ちた人が載ってるわけじゃないよな……」

しばらく信じられない気持ちで呆然《ぼうぜん》となっていました。それでも、やはり自分の受験番号が合格者として載っていることは確《たし》かでした。

「受かったんだよ。凄《すご》いよ。やったよ、えっ、本当に！」

これまで勉強してきたことが全《すべ》て報《むく》われた瞬間《しゅんかん》でした。私《わたし》は何度も何度も番号を確認《かくにん》しては、喜びを噛《か》みしめました。

「オール1の落ちこぼれでも国立大学に合格《ごうかく》した！」

そして、夜の九時を過《す》ぎていましたが、土田先生、校長先生、石本先生に電話をかけて報告《ほうこく》しました。合格して嬉《うれ》しいのはもちろんですが、何より私を応《おう》援《えん》して下さった先生方、夜遅《よるおそ》くまで無償《むしょう》で補習《ほしゅう》して下さった先生方、特別に授《じゅ》業《ぎょう》を受けさせて下さった先生方に、恩返《おんがえ》しができたことが嬉しくて仕方ありませんでした。

電話の向こうで土田先生も校長先生も石本先生も、自分のことのように喜んで下さいました。笑い話ですが、土田先生に電話してから五分後に、折り返しの電話があり、先生は一言、

「本当に合格しているのかもう一度確認しなさい」

やはり先生も、私と同じように信じられない感覚に襲《おそ》われたのでしょう。

百万円の約束

翌日《よくじつ》、いつものように図書館へ行って、癖《くせ》になっている勉強を夕方までやり、その夜、よく行くパスタの店で彼女《かのじょ》と待ち合わせをしました。

店のテーブルに着いて注文した後、彼女にこう切り出しました。

「良《い》いニュースと悪いニュースがあるけど、どっちから聞きたい？」

「それじゃ、良いニュースから」

私は彼女に、届《とど》いた合格者番号表と受験票を渡《わた》しました。しばらく眺《なが》めてから、

「……えっ、これって合格ってこと？」

「そうです。おかげさまで合格することができました」

「えーっ、凄いじゃない、やったね、頑張《がんば》ったね、ほんとにやったね」

「今まで支《ささ》えてきてくれたからだよ。ありがとね」

彼女《かのじょ》も自分のことのように喜んでくれました。

「それで、悪いニュースというのは何？」

「百万円を僕《ぼく》に払《はら》わないといけないよ」

「えーっ、そんなの忘れていたよ」


次の日、学校へ行くと、朝礼で私《わたし》の話が出たらしく、多くの先生方に声をかけられました。そして、豊川高校のために、定時制《ていじせい》のために、新聞社に取材にきてもらってはどうかという話が出て、私としても、あまり日の当たらない定時制に少しでも世間の関心が向けばと思い、取材を承知《しょうち》しました。

取材には新聞社が数社来て、私と土田先生、進路指導《しどう》の先生で受けました。取材終了《しゅうりょう》間際《まぎわ》、土田先生が記者から、初めて私から大学進学の相談を受けたときどんな気持ちだったかと質問《しつもん》されたのを、今でもよく覚えています。

「あんな成績《せいせき》で行けるわけがない。だいたい、音楽と技術《ぎじゅつ》が2で後は全部1なんて、とんでもないことを言いだすやつだと、困《こま》ってしまって、どうやって諦《あきら》めさせようか考えてしまいました」

今となっては笑い話です。

後日、石本先生にも当時の心境《しんきょう》を聞く機会がありました。

「毎年、何人かは進学したいという生徒がいるけど、そのほとんどが途中《とちゅう》で挫《ざ》折《せつ》していくので、入学早々現《あらわ》れた君を見て、また今年もその類《たぐい》の者が来たなと思った」

のだそうです。

「そこで、途中で挫折するタイプか本気なのかを見極《みきわ》めるために、特進の問題集をやらせてみることにした。そしたら、予想を裏切《うらぎ》り八割《わり》の問題を解《と》いてきたので、これは本物だなと感じて補習《ほしゅう》に踏《ふ》み切った」

そう話してくれました。

今となっては懐《なつ》かしい思い出です。

この取材のあった日、定時制《ていじせい》のクラスメイトと缶《かん》ジュースで乾杯《かんぱい》したのも、嬉《うれ》しい思い出です。

数日後、新聞に私《わたし》の記事が載《の》ると、想像《そうぞう》もしていなかった反響《はんきょう》があって驚《おどろ》きました。それは、多数の方から励《はげ》ましの便りをいただいたことです。とても大《おお》勢《ぜい》の方から手紙やはがきをいただき、中には「学費に使って下さい」とお金を送ってくれる方までいました。私は感謝《かんしゃ》の念でいっぱいになり、心を込《こ》めて一人ひとりに返事を書きました。

これまで世間の荒波《あらなみ》に揉《も》まれ、辛《つら》いこと、嫌《いや》なことばかりを味わってきましたが、世の中にはとても温かい人もいて、苦しいことばかりではないことを教えてもらいました。

励ましの便りを下さった方々、本当に心から感謝しています。

ありがとうございました。

卒業式の花束

合格《ごうかく》の興奮《こうふん》が鎮《しず》まってから、両親の墓前《ぼぜん》に報告《ほうこく》に行きました。

「父や母が生きていたら、今の私を見て何と言うだろうか。父から〝勉強しろ〟と怒鳴《どな》られたことは何度もあるけど、よく頑張《がんば》ったと褒《ほ》めてくれたことは一度もなかった。だけど今度は褒めてくれるかな……。母はいつも私のことばかり心配して〝人間は死ぬまで勉強だよ〟、そう言っていたな……今なら母の言葉の一つひとつの意味がよく分かるのに……」

墓前に座《すわ》りながら、そんなことを考えていました。

「あの、いじめられっ子で、九九も言えないオール１の落ちこぼれの息子《むすこ》はもういないよ。ちゃんと自分で卒業できたよ。生きているときには苦労ばかりかけて、ごめんなさい。親孝行《おやこうこう》できなくて、ごめんなさい」

そう呟《つぶや》きながら、勉強が忙《いそが》しくて来ることができなかったお墓《はか》の草をむしり、掃除《そうじ》をして花を供《そな》えました。

私《わたし》がこうして、子供《こども》のころにはなかった忍耐力《にんたいりょく》や行動力を持つことができたのは、一人で生きていかなくてはならない環境《かんきょう》がそうさせたと考えていますが、その土壌《どじょう》を作ってくれたのは母かもしれません。

「親孝行《おやこうこう》したいときには親はなし」という言葉がありますが、もし仮《かり》に、今、両親が生きていたならば、うんざりするほど親孝行したい。叶《かな》わぬ夢《ゆめ》でありますが、本当に心からそう思います。

お世話になった渋山建設《けんせつ》の社長さんにも、合格《ごうかく》の報告《ほうこく》をしました。

「おめでとう。頑張《がんば》ったな。どんどん自分の描《えが》いた人生が実現《じつげん》していくじゃないか。これからも頑張れよ」

私の夢をちゃんと理解《りかい》してくれている、ありがたい言葉でした。

二月十六日に中部大学から学力試験合格の通知がありました。実をいうと、この中部大学の受験費用は校長先生の奥様《おくさま》が出して下さったものなので、たとえ中部大学には行かないことになったとしても、合格できたのは嬉《うれ》しいことでした。そればかりではありません。校長先生はさらに、私のためにカンパを呼《よ》びかけて下さり、多くの先生方が多額《たがく》の援助《えんじょ》をして下さいました。また、理科の先生方からはこれとは別に、たくさんの図書券《としょけん》をいただきました。

私が豊川高校で学ぶことになったのは、勉強をする気になった私を見た彼女《かのじょ》が、この学校のパンフレットを持ってきたのがきっかけでしたが、豊川高校に進学して本当に幸運でした。この高校は、こんなにも情《じょう》に厚《あつ》い先生が大勢《おおぜい》いて、教育に熱心で、生徒思いの学校です。できることなら私も、情に厚いこの豊川高校のような学校で教育に携《たずさ》わりたい、そういう気持ちがこの時芽生えました。

そして、この芽生えは次の夢へと育っていくのです。

卒業の日

いよいよ卒業の日が来ました。

ついに、この豊川高校ともお別れです。毎日毎日勉強していた化学準備室《じゅんび》の机《つくえ》。冬になると割《わ》れた窓《まど》から風が吹《ふ》き込《こ》む定時制《ていじせい》の教室。先生方にお願いした補習《ほしゅう》の日々。定時制と特進コースの同級生たち。ついにお別れの日が来たのです。

これまでは定時制を三年で卒業する生徒の卒業式は教室で行っていましたが、今年は新校舎《こうしゃ》の体育館です。卒業生は七人でした。校長先生が、ワンステップアップを成し遂《と》げたみんなに、激励《げきれい》の言葉を贈《おく》ってくれました。定時制の仲間、私《わたし》のために退職《たいしょく》を一年延《の》ばして下さった土田先生とともに、豊川高校とお別れをしました。

そして、私が長年抱《いだ》いていた、ささやかな願いも実現《じつげん》しました。

見習い大工だった時分、現場《げんば》の横を自転車で通り過《す》ぎていった高校生。涙目《なみだめ》で卒業の花束を持って通り過ぎてゆく姿《すがた》を見て、

「卒業して涙目になるほどの高校生活って、どんなものなのだろう。卒業式で花束をもらうのは、どんな気分なんだろう。俺《おれ》には縁《えん》がないけど、一度味わってみたいな」

と、ぼんやり羨望《せんぼう》していた花束が、目の前にあるのでした。

あの、とてつもなく勉強嫌《ぎら》いだった自分、いじめられて絶望《ぜつぼう》していた自分、未来に何の希望も持てなかった自分、そして、自分で自分を諦《あきら》めていた自分、そんな自分の夢《ゆめ》の一つが実現したのは、豊川高校だったから、あの先生方と出会ったからだと確信《かくしん》しています。

ところで、彼女《かのじょ》との百万円の賭《か》けの結果ですが、勝負なしの決着になりました。というのは、大学合格後に彼女の両親からも認《みと》められて、しばらくして結《けっ》

婚《こん》し、今では私《わたし》の最愛の妻《つま》、家族の一員となったからです。名字も「山元《やまもと》」から「宮本」へ変わりました。二つの財布《さいふ》が一つになったのでは、百万円のやり取りは出来ませんからね。

第六章　なぜ勉強するのか

大学生活

電車の中の〝勉強部屋〟

「大学生時代はモラトリアム」という考え方があります。

受験勉強一筋《ひとすじ》の生活から抜《ぬ》け出し、将来《しょうらい》社会に出るまでの間、自分を見つめ、自分が本当にやりたいことを探《さが》すための猶予《ゆうよ》期間だというわけです。

しかし、私《わたし》にこの考え方は当てはまりませんでした。私が大学生になったのは二十七歳《さい》。猶予の時間なんかありません。それに、自分がやりたいことは、とっくに決まっていたので、それをやるだけ。つまり、物理の勉強を続けることです。それで、受験生時代と変わりなく寸暇《すんか》を惜《お》しんで勉強を続けました。私の住んでいたところから大学までは片道《かたみち》二時間から二時間半もかかります。一限目《げんめ》の講義《こうぎ》に間に合わせるためには始発電車か、ぎりぎり二本目の電車に乗らなければなりません。帰りもそれだけの時間がかかります。これはかなりの負担《ふたん》です。それで、勉強に集中する時間を確保《かくほ》するために、大学の寮《りょう》に入ることにしました。

しかし、寮に入って驚《おどろ》きました。飲み会や宴会《えんかい》が重ねられ、無理に酒を飲まされ、吐《は》くまで許《ゆる》されない、そんな状態《じょうたい》を目《ま》の当たりにして、これでは寮に入る意味がない、二時間かけても通ったほうがましだと考え、早々に退寮《たいりょう》しました。

それからは、「電車の中」が私の勉強部屋となりました。なるべく空《す》いている時間帯を選んで電車に乗り、膝《ひざ》の上にカバンを置いて机《つくえ》代わりにし、本を読んだりノートを取ったりしていました。また、大学の図書館は夜八時まで開いているので、講義《こうぎ》後は毎日図書館に残り、閉館《へいかん》を知らせるアナウンスを聞いてから帰宅《きたく》するのが日課になりました。

大学というところは教育機関ではなく研究機関です。つまり大学の教授《きょうじゅ》は研究職《しょく》であり教職ではありません。中学や高校のように手取り足取りの教育はしてくれないのが普通《ふつう》です。喩《たと》えるならば、雛《ひな》（生徒）が口を広げていれば親鳥（先生）が餌《えさ》を運んでくれる、それが高校までのスタイルですが、大学からは自分で餌を探《さが》して食べていかなくては生きていけない状況《じょうきょう》になるのです。

高校までは先生の言うことをよく聞いていれば、多少だらだらしていても教えてくれるのですが、大学ではそうはいきません。教授にもよりますが、へたな質問《しつもん》をすると、「そんなことは自分で調べろ」と一喝《いっかつ》されかねません。分からないことは自分で調べるのが基本《きほん》スタイルなのです。

大学では、独習《どくしゅう》できない学生はどんどん落ちこぼれていくのです。また、使用されるテキストも、高校の参考書と比《くら》べて難易度《なんいど》が急激《きゅうげき》に上がり、書かれていることだけを読んでいては理解《りかい》できない場合にもよく出くわします。私《わたし》たちはそんなとき、「行間を読む」と言いますが、行と行の間に埋《う》もれている内容《ないよう》を理解しないと先へは進めない場合がたくさんあるのです。ときには、行と行の間を読むのに、別の本を一冊《さつ》読まなくてはいけない場合さえあります。

このように、本気で勉強しようと取り組む学生にとって、時間などいくらあっても足りません。私は大学に通っていた数年間、自宅と大学の往復《おうふく》以外にはどこにも行ったことがありませんでした。

しかし、これだけ勉強に一途《いちず》に徹《てっ》しても、追いつかない場合もありました。私の苦手な語学です。第二外国語はドイツ語を取りましたが、ドイツ語と英語で一回ずつ単位を落としました。

大学の英語の授業《じゅぎょう》には面食《めんく》らいました。

その大半は、日本人講師《こうし》でもネイティブでも、授業は英語で行われ、内容もバラエティーに富《と》んでいました。

例えば、英語の小説を学生の一人が音読し、別の学生がその日本語訳《やく》をするとか、学生自身が英語で英語の授業《じゅぎょう》をするとか、いわゆる「机上《きじょう》の勉強」の枠《わく》をはみ出たものばかりなので戸惑《とまど》いました。ドイツ語にも苦労しました。これを何とかクリアできたのは、語学が得意な友人を持ったおかげです。

もし読者の中に、これから大学に進学する方がいたなら、ぜひ実行してほしいことがあります。それは〝勉強のよく出来る友達〟をたくさん作ることです。自分の得意不得意にかかわらず、自主ゼミを開くにしても、分からないところを聞くにしても、必ずプラスになります。飲み友達ではなく、勉強友達を作ってください。

大学院に進学したあとは、学部のころとはまた違《ちが》った能力《のうりょく》が要求されます。学部のころは、すでに出来上がった学問を学んでいる状態《じょうたい》ですが、大学院は研究の場であるのです。テキストなどありません。

また、私《わたし》は素粒子《そりゅうし》の実験系《けい》へ進んだので、実験装置《そうち》の開発から始めなければなりませんでした。最先端《さいせんたん》の研究というものには、最先端の実験装置が必要になります。もちろん、そんな実験装置は市販《しはん》されていません。自分で実験装置を製作《せいさく》して初めて、誰《だれ》も見たことのないデータが得られるのです。

分からないことは自分で調べ、物理原理の理解《りかい》や装置の研究から行い、自分で設計《せっけい》し、自分で旋盤《せんばん》・フライス盤を動かして手作りで装置を完成させました。論文提出期限《ろんぶんていしゅつきげん》が迫《せま》ったころは、一週間で睡眠《すいみん》時間が二時間ということもありました。こういうことは決して珍《めずら》しいことではなく、みんな必死でデータを取り、論文を書いているのです。

理系希望者で実験系に進むつもりのある方は、自分の時間はほとんどないものと覚悟《かくご》して大学院へ進んでください。苦しいこともありますが、必ず充実感《じゅうじっかん》も得られるはずです。

ちなみに、私の修士《しゅうし》論文は、「阻止《そし》電位型Ｍｏｔｔ散乱偏極度測定《さんらんへんきょくどそくてい》装置の開発」というものでした。

教師《きょうし》への道

大学での生活にも節目が見え始めたころ、この先どういう生き方を選択《せんたく》するか、真剣《しんけん》に考えるときがやってきました。

「物理の研究は面白《おもしろ》い。就職《しゅうしょく》先があるなら、どこまででも進みたい」

そういう気持ちと、

「もしかして自分を本当に生かせる職業は、教師《きょうし》ではないだろうか」

という思いが交錯《こうさく》していました。自分のこと、妻《つま》のこと、生まれた子供《こども》のこと、さまざまなことを考えながら、どちらの道に進むのがいいのか、何度も自問自答を繰《く》り返しました。

物理の研究は、もちろん、私《わたし》にとって最大の関心事です。

しかし、豊川高校を卒業したときに感じた、

「教育熱心で、情《じょう》に厚《あつ》くて、生徒思いの、この学校の先生方のように、自分も教育にたずさわりたい」

という思いも、変わることなく胸《むね》の内に息づいていたのです。少林寺拳法《けんぽう》の道場で子供たちを指導《しどう》したときの喜びも、忘れがたい思い出として残っていました。

教育に関しては、私には格別《かくべつ》の思いがありました。

私は辛《つら》い経験《けいけん》もしてきましたが、そこから学んだこともたくさんあります。小学校、中学校といじめられて過《す》ごした辛い日々の経験が、いじめられる悔《くや》しさ、辛さ、惨《みじ》めさとはどんなものかを教えてくれました。死のうとさえ考えたこともある時期に、学校で味方になってくれる人は誰《だれ》もいませんでした。それがどんなに苦しいものなのか、両親ですら私の気持ちを分かってはくれませんでした。

この原体験を私は大事にしたいと思うのです。

今、多くの学校の先生は、小学、中学、高校と成績優秀《せいせきゆうしゅう》で大学に進学した立派《りっぱ》な人がほとんどです。私《わたし》のような落ちこぼれの気持ちは理解《りかい》できないでしょう。何度同じ説明を聞いても分からない私は、先生からも見捨《みす》てられていました。授業《じゅぎょう》中に当てられることもなく、テストができなくても怒《おこ》られませんでした。もっとも、自分で自分を見捨てていたのですから無理もありません。

しかし、この体験が、私の貴重《きちょう》な糧《かて》となるはずです。

自分を捨てたことのある教師《きょうし》は、なかなかいません。

オール1だった教師も、なかなかいません。

死にたくなるようないじめに苦しんだ教師も、ほとんどいないでしょう。

十八歳《さい》で家族全《すべ》てを失った私は、世間の荒波《あらなみ》とはどんなものかも知っています。さらに、そこから這《は》い上がるとはどんなことかも知っています。

私を救ってくれたのは、信頼《しんらい》できる人との出会いでした。私が少林寺拳法《けんぽう》や音楽を通して多くの人と出会うことで自分を見つけ、アインシュタインと出会って物理学と出会いました。

自分の人生に迷《まよ》い、何をしたらいいのか、何をしたいのか分からず、目標を見つけられないときに、助けてくれたのは、信頼できる人との出会いだったのです。

この人たちと出会わなければ、今の私はありません。

私が救われたように、もしかして、私と出会うことで何かが変わる人がいるかもしれない。その人の人生に希望や夢《ゆめ》を持つ素晴《すば》らしさを伝えることができるかもしれない。そして、昔の自分を救えるかもしれない。そう思うと、胸《むね》が熱くなります。

私の思いは、だんだんに固まっていきました。

・人生の目標が見つけられない
・何をしていいのか分からない
・生きていることに意味を感じない

そういう挫折感《ざせつかん》にとらわれがちな時期の少年少女に、世の中の厳《きび》しさや、夢《ゆめ》を持つことの素晴《すば》らしさを教え、人生の目標を見つける手助けをしたいと、強く思うようになったのです。

それに教職《きょうしょく》ならば、ささやかながら、自然科学の面白《おもしろ》さを伝えることができ、自分の知識《ちしき》や経験《けいけん》が役に立つかもしれないと考えるようになったのです。

別の言い方をすれば、私《わたし》が豊川高校から受けた恩《おん》を、教育の場で返していくことが、私にできる最善《さいぜん》、最良の道だと思うようになったのです。

卒業式に涙目《なみだめ》になるような高校生活が送れるクラスや学校を作っていくことが、私の新たな目標だ、と思うようになっていったのです。一人でも多くの生徒と貴重《きちょう》な体験を分かち合える教師《きょうし》になろう!

私はこの決意を、誰《だれ》よりもまず、お世話になった土田先生に伝えました。豊川高校を退職《たいしょく》された先生は、渕竜寺の住職として相変わらず元気にしておられました。

「ちょっと、もったいない気もしますけどねえ。せっかく最先端《さいせんたん》の物理学を研究していたのに……」

「いえ、物理の研究をやめるつもりはありません。論文《ろんぶん》などの情報《じょうほう》を集めて、続けていきます。でも、どうしても教師の仕事がしたいんです」

「……そうですか」

「それで、できることなら豊川高校で……」

というわけで、三十六歳《さい》にして、母校・豊川高校の教壇《きょうだん》に立つことになったのです。

「学ぶ」ことの意味

私が教師になることを決意したのは、

「生徒たちが自分の人生の目標を見つける手伝いをしたい」

という思いからでした。

そのことについて、もう少し詳《くわ》しく考えてみたいと思います。

人生、学歴が全《すべ》てではありません。お金が全てでもありません。そして、夢《ゆめ》が全てでもありません。それぞれをバランスよく全部備《そな》えていることが必要です。

具体的に言えば、生活のためにはお金を稼《かせ》がなければいけないが、ただお金を稼いでいればそれでいいというわけではなく、仕事や日々の暮《く》らしの中で生き甲斐《がい》を持たなければ良い人生とはいえません。その生き甲斐を持ちながら生活するために学習が必要であれば、学ぶ以外に方法はないのです。

今の時代に人間として生まれてきたのならば、この人間社会以外で生きていくことは不可能《ふかのう》なのです。ならば、この時代に生まれたことを嘆《なげ》くのではなく、いかにこの社会の中でより良く生きていくか、そのことを考えなければいけません。

その根本となる道しるべが、価値観《かちかん》です。人生において何が一番大事か、それにどれだけの価値を見出《みいだ》すか。それを決めるのは一人ひとりの個人《こじん》です。これがスポーツなら事は簡単《かんたん》でしょう。サッカーなら、途中《とちゅう》でどんなプロセスをたどるにしろ、シュートを入れることが最終目標であり、何に価値があるかを考える余地《よち》はありません。

しかし、人生をより良く生きていくのに大事なことは、人それぞれで違《ちが》います。それぞれが自分で見つけるしかないのです。

では、この価値観はどうやって手に入れるものなのでしょうか。それは家庭や学校などの教育を柱にして、本人の経験値《けいけんち》、社会からの情報《じょうほう》、人との出会いが作ってくれるのです。

そして、価値観は年齢《ねんれい》を重ねるにつれて変化していくものです。

例えば、子供《こども》のころにはとても大切だったオモチャに、いつの間にか関心がなくなったり、昔は株価《かぶか》なんかどうでもよかったのに、今では毎日チェックしているといったふうに、人の興味《きょうみ》や価値観は成長とともに変化し、世代や時代によっても変化していきます。

学生時代は特にこの変化が大きい時期です。学生時代は心も体も大人へと変化し成長していく時期ですが、同時に価値観《かちかん》にも変化が生まれ成長する時期なのです。小学校の卒業文集に「大きくなったら野球選手になって、メジャーリーグに行きたい」と書いていた子も、中学校を経《へ》て高校生になれば、もっと現実《げんじつ》に即《そく》した目標を探《さが》し始めます。

この多感な時期にさまざまなことを経験《けいけん》し、知識《ちしき》を吸収《きゅうしゅう》し、多くの人と出会うことが、自分に対して自信が持てる価値観を育てる重要な要素《ようそ》になるのです。

その意味で、学校教育は単に知識の吸収だけを目的とするのではなく、価値観の確立《かくりつ》を実現させるためにもなくてはならないものなのです。これからの人生や生活を支《ささ》え、生きていくために必要となる基本的《きほんてき》な力と技《わざ》を身につける場でなくてはなりません。

私《わたし》は生徒たちが、学校生活を通して、この価値観の確立や生きる目標を見つけるヒントを得られるよう、手助けしていきたいと考えています。

では、価値観の確立に欠かせない「学ぶ」という営《いとな》みは、どう位置づけたらいいのでしょうか。

「学ぶ意味」とは何でしょうか。

「先生、学ぶ意味とは何ですか」。これは、しばしば受ける質問《しつもん》なのですが、単純《たんじゅん》なようで、答えるのが難《むずか》しい質問です。机《つくえ》に向かって勉強するのが「学ぶ」ことだ、というような単純なものではなく、その意味を問うているのですから。

そこで、逆《ぎゃく》の発想をしてみます。

私のように学ぶことそのものに目的を見つけた者は、学ぶことの意味など問いかけません。つまり、このような質問をする人は、学ぶことに意味を感じていない、感じることができない人だということです。

そういう人に学ぶことの意味を納得《なっとく》してもらうには、どう説明したらいいのでしょうか。私《わたし》の考えは、こういうものです。

「ささやかな目標であっても、自分にとって価値《かち》のあるものならば、それを見つけただけでも素晴《すば》らしいことであり、その目標に向かって努力することは、この上なく尊《とうと》いことです。そして、その目標を達成させるための努力こそが、『学ぶ』という行為《こうい》そのものなのです」

これが、「学ぶ意味」を見出《みいだ》せないでいる生徒たちに伝える私からのメッセージです。つまり、目標を持ち努力することに意味があるのであり、その過程《かてい》に「学ぶ」ことが付随《ふずい》してくるのです。

学ぶことが何もない目標ならば、大した努力は必要ないでしょうし、逆に、目的もなく勉強することは苦痛《くつう》以外の何ものでもありません。学ぶことに意欲《いよく》が出てくるのは、それが必要になるときです。私の喩《たと》えで言えば、玉掛《たまか》けの資《し》格《かく》が欲《ほ》しく、試験で分数の足し算が出題されるから勉強するというように、動機を持たなくては苦痛しか得られません。

では、この「学ぶ意味」と、「学校の勉強」とは、どう関《かか》わっているのでしょうか。社会に出てからも学ぶことはたくさんありますが、学校の勉強には、社会に出てからは役に立たないようなものも少なくないではありませんか。例えば、フランス料理のシェフを目指して修業《しゅぎょう》する者に、二次方程式《ほうていしき》や漢文はいったい何の役に立つのか。そう質問《しつもん》されるかもしれません。

このことを考える前に、喩え話をしましょう。スポーツにしても武道《ぶどう》にしても、基本《きほん》練習というものがあります。一流選手や達人になればなるほど、この基本練習を重視《じゅうし》しています。基本練習は一見地味で、面白《おもしろ》くなく、退屈《たいくつ》な感じがしますが、それは恐《おそ》ろしく重要なものであり、スポーツ、芸術《げいじゅつ》、学問、人生、全《すべ》てこれなくして成り立つものは一つもありません。基本ができていないことには、次の段階《だんかい》へは進めないのです。

だから、学問にしても、基礎《きそ》学力がなければ、次なる新しい知識《ちしき》の吸収《きゅうしゅう》を望むことはできません。九九が分からなければ、分数の足し算が理解《りかい》できないようなものです。どんな目標を持っているにしても、基礎《きそ》学力は必要不可欠《ふかけつ》なものなのです。もっと厳《きび》しく言えば、人間として生きるためには、基礎学力は絶《ぜっ》対《たい》に必要なのです。

基礎学力

では、基礎学力とは、何なのでしょうか。それを考えてみましょう。

人間が何か新しい知識《ちしき》を「分かった」と感じるときは、必ず自分の中にある既存《きそん》の知識や経験《けいけん》と結びついて初めて、「分かった」と納得《なっとく》することになるのです。この「既存の知識」が「基礎学力」なのです。

例えば、bookという単語には「本」という意味のほかに「予約する」という動詞《どうし》の意味があることを知っていれば、double-bookingが「二重予約」という意味になることが分かるわけです。この既存の知識が多ければ多いほど、分かる世界が広がっていく。

山でいえば、見晴らしのいい、裾野《すその》の広い山に立っていることになり、遠くまで見渡《みわた》すことができるのです。ただし、だからといって誰《だれ》もが高い山を目指さなければいけないというわけではありません。それぞれの個人《こじん》が、自分の目標に見合った山を選び、必要とされる高さまで登ればいいのです。

それでは、この「既存の知識」は、どうやって獲得《かくとく》されたものなのでしょうか。これも実は、人生の場面場面の必要に応《おう》じて、その前から持っていた「既存の知識」に新しい知識を積み上げて形成されたものなのです。人は必要に迫《せま》られて知識を獲得するものなのです。

しかし、正直言って、これだけでは足りません。

必要に応じて場当たり的に獲得する知識以前に、さらにその基礎の知識を身につけておくことが、文化の成熟《せいじゅく》した社会で生きていくための必須《ひっす》の条件《じょうけん》なのです。

江戸《えど》時代には、庶民《しょみん》の間でも「読み書き算盤《そろばん》」が基礎的《きそてき》な教養・知識《ちしき》として広く習得されていました。これは凄《すご》いことです。世界にはいまだに識字率《しきじりつ》が五十％に満たない国があるというのに、日本の庶民は何百年も前から基礎学力を身につけていたのです。彼《かれ》らがそれを身につけたのは寺子屋でした。

そして現代《げんだい》において、寺子屋の役割《やくわり》を担《にな》っているのが学校なのです。

スポーツの前に準備《じゅんび》運動をするように、後に自分の目標を見つけたとき、すぐに行動に移《うつ》せるように、学校で準備運動を行っているのです。準備運動をしっかりしないで急に走り出すと体に負担《ふたん》がかかって危険《きけん》であるように、目標を見つけたときすぐに走り出せるように、しっかり準備を整えておくことが重要なのです。それが学校で勉強する意味であり、学校の役目なのです。

もし中学や高校で人生の方向を決めることができなければ、大学や専門《せんもん》学校に進学して将来《しょうらい》を模索《もさく》するのもいいし、どうにも学校に馴染《なじ》めなければ、それに代わる目標を見つければいい。何が良い人生かを決定するのは、本人の価値《かち》観《かん》以外にありません。ただし、どんな場面でも、基礎学力は欠かせないのです。

私《わたし》が二十三歳《さい》のときにアインシュタインに触発《しょくはつ》されて急に勉強をする気になったときでも、もし文字が読めなかったなら、あるいは「＋」「－」「×」「÷」の記号の意味を知らなかったなら、小学三年のドリルすら手がつけられなかったはずですから、オール1で落ちこぼれの私でも、多少は学校での準備運動で得るところがあったわけです。

将来《しょうらい》に何かの役に立つと思えなくても、この準備運動のメニューを着実にこなしていくことが、学校の勉強なのです。

それに、社会に出て役立たない勉強だと思うのは、早合《はやが》点《てん》でもあります。みんなから最も無駄《むだ》な勉強だと思われがちなのが数学でしょう。将来、銀行やIT（情報技術《じょうほうぎじゅつ》）企業《きぎょう》に勤《つと》めるのでなければ全く用のない知識だと思うかもしれません。でも、そうではないのです。シチ面倒《めんどう》くさい数学を学ぶことに何の意味があるかといえば、これによって、論理《ろんり》的《てき》な思考方法が脳《のう》に刻《きざ》みつけられるのです。

人生のどんな難事《なんじ》にぶつかったときでも、自分の次の行動を判断《はんだん》するのは論《ろん》理《り》的な推理力《すいりりょく》でしょう。そのときに役立つのが、数学の勉強で培《つちか》った論理的な考え方なのです。シェフを目指してフランスに修業《しゅぎょう》に行った若者《わかもの》だって、日《にち》常《じょう》の業務《ぎょうむ》の中では絶《た》えず論理的・合理的判断を求められるでしょう。そのときに、学校で学んだ数学の思考方式が無意識《むいしき》のうちに力を発揮《はっき》するのです。

英語や国語、社会など、知識《ちしき》の量が物を言う科目では、この基礎《きそ》知識が、社会に出てから、なおさら試《ため》されます。「クールビズ」「ユビキタス」「燃料《ねんりょう》電池」「格差《かくさ》社会」「プルサーマル」「M&A」……社会は次々に新しい言葉や概念《がいねん》を持ち出してきて、とても対応《たいおう》しきれないほどです。

しかし、全部を理解《りかい》し尽《つ》くすことはとてもできませんが、これはこの世界の、こういう動きのことを言っているのだろうと、それとなく推察《すいさつ》することはできます。それを察知するのが、基本的知識、基礎学力なのです。

知識の長所は、たとえ泥棒《どろぼう》に入られても絶対《ぜったい》に奪《うば》われないところにあります。さらに、特殊《とくしゅ》な情報《じょうほう》を除《のぞ》いて、基礎学力はお金で売り買いもできません。そして、勉強は人を裏切《うらぎ》りません。本人が努力した分だけ、その人の能力《のうりょく》として蓄《ちく》積《せき》されていくのです。それに知識は、なくて困《こま》ることはあっても、有りすぎて邪魔《じゃま》になることはありません。知らない者が知っている者に勝《まさ》ることもありません。

さらに、この素晴《すば》らしいさまざまな知識は、仕事に役立つだけではなく、人間を理解する上で、豊《ゆた》かな眼力《がんりき》を持たせてくれるのです。なんと神秘《しんぴ》的で、素《す》敵《てき》なことなのでしょう。

ちょっと知識礼賛《らいさん》に走りすぎましたが、しかし、私《わたし》が生徒に伝えたいことは、知識だけではありません。どうすれば素晴らしい実り豊かな人生を送ることができるのか、そのために今、何をすればいいのか。それを考えることです。

当然、答えなど、すぐには出ないでしょう。しかし、このことを意識するか、しないかでは、雲泥《うんでい》の差があるのです。具体的に言えば、自分の人生をより良いものにするために、今の自分と向き合い、自問自答すること——その大切さを、生徒に伝えたいのです。

人の生きる意味とは、目標・夢《ゆめ》を持つことです。

その夢を実現《じつげん》する過程《かてい》には、必ず「学ぶ」という行為《こうい》がどこかで必要になります。夢を現実に変える、その来るべき日のために、「学び方」を学ぶのが、私《わたし》の考える「学ぶ意味」であり、勉強なのです。

さて、ここまで偉《えら》そうなことを言ってきましたが、教師《きょうし》だって生徒に育てられているのです。「子育ては自分育て」であるように、教師も生徒を育てながら自分も育てているのです。

小学生のときに何度も言われた母の言葉通り「死ぬまで勉強だよ」を心に刻《きざ》みながら、かけがえのない生徒たちと充実《じゅうじつ》した高校生活を送ることができるように精進《しょうじん》することが、これからの私の課題です。

「いじめ」と「落ちこぼれ」の対処法《たいしょほう》

話が少し理屈《りくつ》っぽくなりましたので、実際《じっさい》の教育現場《げんば》で、私がどういうことを心掛《こころが》けて生徒と向き合っているかを、お話ししましょう。

今まで「自分を捨《す》てた」ことのある教師は、なかなかいません。オール１だった教師も、なかなかいません。死にたくなるようないじめに苦しんだ教師も、ほとんどいないでしょう。

と前に書きました。「いじめ」と「落ちこぼれ」体験が、他《ほか》の教師にはない私の勲章《くんしょう》だと誇《ほこ》ったのですから、その「いじめ」と「落ちこぼれ」に対する私の考え方を述《の》べます。

まず、いじめの問題です。

いじめの「きっかけ」となる要因《よういん》には、さまざまなものがあります。

一つは「差別意識《いしき》」です。住んでいる場所に対する地域的《ちいきてき》差別、肉体的な弱さや精神的虚弱《せいしんてききょじゃく》への差別、学習能力《のうりょく》に対する差別、両親の職業《しょくぎょう》や家業などに対する差別など、いじめの種はどこにでも転がっています。

また、不潔《ふけつ》っぽいから、顔が気に食わないから、というだけで、いじめのきっかけになるし、「単に嫉妬《しっと》」から、いじめが始まる場合もあります。

私《わたし》の場合は、体力もなく、臆病《おくびょう》で、勉強ができない上に転校生ときていましたから、いじめの種には苦労しない、「いじめて下さい」と言ってるようなものでした。

この「きっかけ」で一度いじめが始まると、次からは、どうでもいいことにもいじめの理由を見つけて、いじめを繰《く》り返していくのです。

そして、いつしか、いじめは「ゲームへと発展《はってん》」していきます。

このゲームは、いじめられる側にとっては、終わりの見えてこない、永遠《えいえん》に鬼《おに》をやらされる地獄《じごく》のゲームなのです。

いじめる側というのは、たいていグループを組みます。こうすることで罪悪感《ざいあくかん》を分散し、責任《せきにん》の所在《しょざい》を曖昧化《あいまいか》するのです。いじめる側の人間も、心のどこかでは「悪い事をしている」という意識があるのかもしれませんが、これが集団《しゅうだん》になると変質《へんしつ》します。個人的《こじんてき》な心理では「悪い事」でも、集団心理になってしまうと「楽しい事」へと変化するのです。みんなで行うことで正当化された気分になるのです。

いじめをめぐる人間関係は「善《よ》いモン」「悪いモン」で峻別《しゅんべつ》できるような単《たん》純《じゅん》なものではなく、複雑《ふくざつ》に役割《やくわり》を変えていきます。

ここでは正義派《せいぎは》も歯が立たないのです。いじめは悪いと分かっていても、いじめられている者をかばったりしたら今度は自分がいじめられる側に陥《おとしい》れられますから、手が出せないのです。教師《きょうし》に言いつければ、密告者《みっこくしゃ》ということで、やはりいじめの対象になってしまうから、結局、いじめを止める人間は存在《そんざい》しなくなるのです。

私《わたし》も、小学四年生で体験しました。

クラス替《が》えがあって、新しいクラスメイトと親しく言葉を交《か》わすようになったのですが、私が〝いじめられっ子〟だと分かったとたんに態度《たいど》が豹変《ひょうへん》し、しまいには、私がいじめられていると、

「そいつをいじめるなら、俺《おれ》も仲間に入れてくれ」

と言いだす始末でした。きっと彼《かれ》も、私と仲良くすると自分もいじめられるのではないかという警戒心《けいかいしん》から、そういう態度に出たのでしょう。

余談《よだん》ですが、この同級生とは後日再会《さいかい》する機会がありました。私が大工見習いの職《しょく》をやめて音楽にのめり込《こ》んでいたとき、その音楽仲間の高校の同級に、彼がいたのです。

「宮本かあ、あいつなら小学生のときからよくいじめとったけど、何してる？」

と言うので、

「なんでも少林寺で日本武道館まで行ったらしいぞ」

と音楽仲間は答えたそうです。それからしばらくして、その音楽仲間の家で偶然《ぐうぜん》、彼に再会したのです。彼は私のことを「君」付けで呼《よ》び、

「元気だった？　日本武道館へ行ったんだって？　凄《すご》いね」

と話しかけてきました。まるで過去《かこ》なんかなかったような友人としての振《ふ》る舞《ま》いでした。私はこのとき初めて、

「これでやっと〝いじめられっ子〟を卒業することができた」

と実感したのでした。

話を元に戻《もど》します。

いじめグループが形成された子供《こども》の世界では、結局、誰《だれ》もいじめを阻止《そし》できないので、いじめを目の前にした子供が選べる選択肢《せんたくし》は、

①いじめる側に入る

②いじめを周りから眺《なが》めて楽しむ

③見て見ぬふりをする
のどれかしかないと思っていいでしょう。

しかも、この三つの態度《たいど》のどれかを維持《いじ》していれば安泰《あんたい》とはいかないところが、いじめの複雑《ふくざつ》なところです。極端《きょくたん》な例では、今までいじめられていた者をいじめる側に引き込《こ》んで、いじめをかばった者に対していじめを始めることもあり、まるで合従連衡《がっしょうれんこう》の中国の戦国時代みたいに、敵《てき》味方関係が絶《た》えず複雑に変化していくのです。

この複雑さが、いじめの発見の難《むずか》しさの要因《よういん》ともなっているのです。

では、いじめは、どうやれば発見できるのでしょうか。

まず言えることは、生徒が情報《じょうほう》を持ち込むのを待っているだけでは、いじめを発見するのは不可能《ふかのう》だということ。

「先生、あのね……」

と訴《うった》えられてから腰《こし》を上げるつもりでいるとしたなら、あまりにも天下太平、むしろ怠慢《たいまん》というものです。

駆《か》け込みの訴えを待っているのではなく、教師《きょうし》のほうから生徒に積極的に声をかけるのは、一歩進んだ対処法《たいしょほう》といえますが、これにも工夫《くふう》が必要です。

「何かあったら、いつでも職員室《しょくいんしつ》へ来なさい」

という呼《よ》びかけは、ほとんど効果《こうか》が期待できません。いじめられている生徒は、集団《しゅうだん》心理の働いている学校内では、いじめの事は話しません。他《ほか》の生徒の目のあるところでは、うかつな行動はとれないからです。

生徒に呼びかけるなら、生徒が学校外から教師に相談を持ちかけられるルートを開いておくことです。住所、電話番号、メールアドレスなどを生徒に公開して、

「何かあったら、匿名《とくめい》でもいいから連絡《れんらく》してほしい。必ず相談に乗るから。一人で抱《かか》え込まないで、一緒《いっしょ》に考えよう」

と歩み寄《よ》ることで、いじめの実態解明《じったいかいめい》に道が開けて行く可能性はあります。

しかし、私《わたし》の例がそうであったように、いじめられている子は教師《きょうし》にも親にも、いじめの事実をなかなか打ち明けたがらないものです。そういう場合、何かいじめの兆候《ちょうこう》を示《しめ》すサインはあるのでしょうか。

サインはあります。私の場合で言えば、学校のことをあまり話さない、話したがらないという態度《たいど》のほかにも、教科書、ノート、文房具《ぶんぼうぐ》などの紛失《ふんしつ》、その消費速度の加速といったサインを発信しておりました。いじめの物的被害《ひがい》なのです。

これだけのサインをヒントにいじめを見つけるには、家庭がしっかりしていなくてはなりません。

「あんた、なぜ毎週のように上履《うわば》きを失《な》くすのよ」

というところから、子供《こども》が置かれた異常《いじょう》な状況《じょうきょう》を察知する細心さが必要ですし、その親の疑問《ぎもん》をしっかり受け止める教師との連携《れんけい》が必要不可欠《ふかけつ》となります。

では、いじめの存在《そんざい》が確認《かくにん》されたら、これを解決《かいけつ》するにはどうすればいいのでしょうか。これは難《むずか》しい問題です。

「仲良きことは美しき哉《かな》」

みたいな中途半端《ちゅうとはんぱ》なヒューマニズムや、

「ここで仲直りの握手《あくしゅ》をしてくれ」

というような通り一遍《いっぺん》の指導《しどう》では、いじめはその形を変えて温存《おんぞん》されるだけです。学校を挙げての問題として位置づけ、全教員で指導に当たり、保護者《ほごしゃ》にも協力してもらい、大人全員で取り組まなければならないほど根深い問題なのです。

私は、自分の経験《けいけん》を通して、絶対《ぜったい》にいじめを許《ゆる》しません。どんな理由があっても、いじめは悪なのです。自分さえ良ければいいと考える人間、他人の痛《いた》みを知ろうとしない人間が、いじめをするのです。平気で人を傷《きず》つける人間を、私は絶対に許しません。

次に、落ちこぼれの問題。

「オール1だったあなたが教師《きょうし》になって、自分の生徒の通知表に1を付けることはありますか」

と聞かれることがあります。落ちこぼれの切なさを体験した教師なら、自分の生徒に1を付けることに躊躇《ちゅうちょ》するのではないか、と思うのでしょう。どんなにできない生徒にも手を差し伸《の》べて、落ちこぼれから救う手だてを用意しているのではないかと期待しているのかもしれません。

しかし、はっきり言って、私も生徒に1を付けることはあります。

どんな場合に1を付けるのか。

しっかりした勉学目標も持たず、「高卒の学歴くらいは持っていないと」という学歴だけが目当ての生徒の中で、

・なるべく苦労しないで楽をして、高卒の資格《しかく》だけは得ようという姿勢《しせい》が見える生徒

・周りの生徒や教師の邪魔《じゃま》をして授業《じゅぎょう》を妨害《ぼうがい》する生徒
・高校の最低限《さいていげん》のルールを守れない生徒
・最低のハードルを越《こ》えてくることができない生徒

これらの条件《じょうけん》に重複《ちょうふく》して当てはまる場合には、1を付けることもあります。前にも話しましたが、やってできない生徒はとことん救いますが、やらなくてできない生徒には厳《きび》しく対応《たいおう》します。

「やる気のない生徒の、やる気を引き出すのも、教師の仕事だろう。とりわけ、お前は落ちこぼれ出身なのだから、そういう生徒にこそ目をかけてやるべきではないか」

という声が上がるかもしれません。

しかし、正直に申し上げて、そんな方法はないのです。百人生徒がいて、百人ともにやる気を引き出す術《すべ》があるならば、〝落ちこぼれ〟など存在《そんざい》しない。しかし、現実《げんじつ》問題として、落ちこぼれは必ず生ずるのです。

それにまた、高校である以上、最低ラインのハードルは越えてこないと単位は与《あた》えられないという線引きは、絶対《ぜったい》に必要だと考えています。この線をぼかして、誰《だれ》でも何でも単位を認《みと》めていては、高校として機能《きのう》しなくなります。甘《あま》やかして1より良い評価《ひょうか》を与えれば、

「なんだ、この程度《ていど》で単位がもらえるんか。なら、次もこの調子で行って、楽して卒業しよう」

という気にさせるでしょう。ただの温情《おんじょう》は、決してその生徒の人生のプラスにはなりません。駄目《だめ》なものは駄目と、はっきり評価してやります。

すると、

「それでは普通《ふつう》の教師《きょうし》と変わりないではないか。お前の落ちこぼれ体験はどこで活《い》かされているのか」

という声が出てくるに違《ちが》いありません。

いえ、私《わたし》の落ちこぼれ体験は、ちゃんと活かされています。

それは評価を下す段階《だんかい》ではなく、普段《ふだん》の授業《じゅぎょう》で発揮《はっき》されているのです。私の場合は〝やる気のない落ちこぼれ。最低のハードルを越《こ》えることのできない落ちこぼれ〟の典型的なケースでした。だから私の指導《しどう》も、その部分に特に力を入れています。最後の最後まで生徒と向き合い、何度でも手を差し伸《の》べます。今のつまずきの原因《げんいん》が中学時代のつまずきにあると分かれば、そこまでさかのぼって、分かるまで教えます。

そして、落ちこぼれ当時の自分の気持ちを分析《ぶんせき》して、やる気が失《う》せたのは、一度も褒《ほ》められたり激励《げきれい》されたことがなかったのが原因だったと、前に書きましたから、分からなかった生徒が一つでも壁《かべ》を乗り越えたなら、褒めてやります。

「これがクリアできたら、次はそんなに難《むずか》しくないぞ」

と激励してやります。

この指導で、分かることの面白《おもしろ》さ、知ることの楽しさを覚えて、「1」状態《じょうたい》から脱却《だっきゃく》した生徒は何人もいます。中には、そのことがきっかけで向学心に目覚め、大学を目指した生徒もおりました。

これこそ、教師冥利《きょうしみょうり》に尽《つ》きるというものです。昔の私《わたし》を救ったのです。

学習適齢期《てきれいき》

再《ふた》び私自身の話に戻《もど》りますが、アインシュタインとの出会いについて、もう一度考えてみたいと思います。

勉強嫌《ぎら》いの落ちこぼれだった私が、なぜアインシュタインの世界と出会ったとたんに劇的《げきてき》に変わってしまったのでしょうか。不思議でなりません。

アインシュタインと出会うことで、自分の周りには、感動や驚異《きょうい》に満ちた美しい世界が広がっていることに初めて気づき、人類《じんるい》はその世界を理解《りかい》しようと必死に化学や物理を編《あ》み出してきたことを知りました。

その試みに深く感銘《かんめい》したのです。特に、あの番組で一番印象深かったのは、世界を、自然を、たった一行の式で書き表そうと試行錯誤《しこうさくご》する「美しさ」でした。

番組の中に、アインシュタイン方程式《ほうていしき》という式が登場しますが、それが何を意味しているのか、まるで分からないまま、とても美しいと感じたことをよく覚えています。分数の計算よりも、二次方程式の解《かい》の公式よりも、私が一番初めに記憶《きおく》した方程式が、意味も分からないアインシュタイン方程式だったのです。それほど私の美的感覚を刺激《しげき》したのです。

「自然の美しさと触《ふ》れ合いたい」

それが、勉強に目覚めた私の単純《たんじゅん》で大きな動機となったのです。

自然の美しさと触れ合う方法は、物理学を学ぶ以外にも、絵画や写真、詩など、ほかにもありますが、私の場合は、運命的に物理だったのです。

登山家のジョージ・マロリーは「どうしてエベレストに登るのか」と聞かれて「そこに山があるから」と答えていますが、私の場合は、「そこに自然があるから」」、物理学を学びたくなった、というしかありません。

これは私《わたし》なりの感性《かんせい》と価値観《かちかん》がもたらした「目覚め」なので、誰《だれ》にでもすんなり理解《りかい》してもらえるとは思いませんが、強いて言《し》うならば、「自然が好きだったことを、アインシュタインが思い出させてくれた」ということになるでしょうか。勉強嫌《ぎら》いだったおかげで、純粋《じゅんすい》に自然は美しいと思える感性が、中途半端《ちゅうとはんぱ》に汚《けが》されずに残っていたのかもしれません。建設現場《けんせつげんば》で働いていたとき、工事中の屋根の上から眺《なが》めた夕日や夕焼けの感動が、あるいは感動する気持ちが、まだ心に残っていたのです。

いずれにしても、そのときの私はようやく学習適齢期《てきれいき》を迎《むか》えたのだと思います。

学習に専念《せんねん》するには、それなりの環境《かんきょう》が必要です。

例えば学校でいじめられていれば、勉強など手につくはずもないし、家庭環境が荒《あ》れていれば集中できません。何より、生活基盤《きばん》が整っていなければ、食べていくことで精一杯《せいいっぱい》で、学習意欲《いよく》はなかなか湧《わ》かないものです。

私の場合、次第《しだい》に生活が安定してきたあの時期に、運命的な偶然《ぐうぜん》でアインシュタインと出会い、絶好《ぜっこう》のタイミングで必然となる条件《じょうけん》が偶然にそろい、自然科学の美しさに惹《ひ》かれていったのです。

このように、私は例外的な学習適齢期を迎えたのでしたが、多くの高校生にとっては今が学習適齢期です。多くの生徒は、家賃《やちん》や食費や授業料《じゅぎょうりょう》の心配をしなくても勉強に打ち込《こ》める環境にあるでしょう。

その境遇《きょうぐう》を大切にすることです。勉強や進学のことだけを考えて生活できるのは今だけだ、その生活は家族に支《ささ》えられているのだということを、しっかり自覚して、「学ぶ」ことに打ち込んでください。

繰《く》り返しますが、大切なことは目標を持つこと、その目標に向かって努力すること。その努力がすなわち「学ぶ意味」なのです。

第七章　オール1教師《きょうし》の学習法

落ちこぼれの勉強法

普通《ふつう》の人より十年近く遅《おく》れて〝学習適齢期《てきれいき》〟が訪《おとず》れた私《わたし》は、長いブランクというハンディキャップを背負《せお》っていたので、普通の受験生と同じペースで勉強していたのでは追いつかないことは明白でした。

少しでも効率的《こうりつてき》に、確実《かくじつ》に学力をつけるにはどうしたらいいか、さまざまに工夫《くふう》を重ねて、各教科ごとに自分の学習方式を編《あ》み出しました。

それがここで紹介《しょうかい》する、数学、理科、社会、国語、英語の勉強法です。

そもそも勉強法にはそれぞれ向き不向きがあるので、変則的《へんそくてき》な受験生生活を体験した私の方式が全《すべ》ての受験生に役立つ、などとは毛頭思いません。試行錯《しこうさく》誤《ご》しながら自分に適《てき》した勉強法を探《さが》しての結果でした。

数学の学習方法

私は「小学三年のドリル」から始めたのですが、昔から計算が嫌《きら》いでしたので、まずこの欠点を克服《こくふく》することが最大の課題でした。それで、勉強を始めてまず心得たのが、

★計算式は必ず書く

ということです。自分は計算が遅《おそ》くてよく間違《まちが》える。では、遅くても、計算間違いだけは極力避《さ》けよう、という意識《いしき》から、

★頭と目と手で計算すること

を実践《じっせん》したのです。この癖《くせ》はいまだに残っていて、今でもすぐに紙に書いて計算してしまいますが、この方法は間違いを避けるという効果《こうか》だけではなく、別の効果ももたらしました。

どんな計算でも必ず紙に書いて手を動かしていたので、式や計算を書くことが面倒《めんどう》だという気は全く起きないまま、中学の参考書、高校数学へと進んでいきました。

そして、問題のレベルが上がってくると、初見だけでは解法《かいほう》が思い浮《う》かばない問題にも出くわすようになりましたが、そんなときには、問題の内容《ないよう》を少しでも数式に翻訳《ほんやく》してみるのです。

まず手を動かすのです。

あがいて書いてみるのです。

こうして頭と目と手で考えることにより、ときとして、自分の知っている解法や直感とつながる瞬間《しゅんかん》がくることがあるのです。何度ひらめいて正解へたどり着けたか数えきれません。もちろん、ひらめかない問題だってありますが、その場合は知識《ちしき》不足や解法の経験《けいけん》不足など、原因《げんいん》は、あがいても仕方ないところにあるものです。

というわけで、進学を希望している生徒や試験を受ける生徒には必ず、

「とにかく手を動かして書きなさい。関係のありそうなことは何でもいいから、まずは書いてみる。それでも分からなければ次の問題へ行く」

と教えています。つまり、書くことで、計算ミスを防《ふせ》ぎ、これまでの経験や蓄《たくわ》えた知識の引き出しをスムーズに開けてやることができるのです。

次に、具体的な勉強の進め方をお話しします。

数学には定理や公式が多数ありますが、数学を受験の味方にしたければ、まず、

★定理や公式を完全に暗記する

ことを心がけるのです。ただし、この場合の「暗記」とは、歴史の年号を丸暗記するのとは違《ちが》って、定理や公式の意味をよく理解《りかい》して記憶《きおく》するということです。定理や公式は問題を解《と》くための道具です。それを、いつでも使える状態《じょうたい》にしておく。

大工仕事でいえば、必要なときに使えるようにノミやカンナやノコギリの手入れを怠《おこた》らないということです。

定理や公式を暗記したら、次は、

★定理や公式を自由に操《あやつ》れる能力《のうりょく》を身につける

ことを心がけます。定理や公式の使用方法や使用技術《ぎじゅつ》を身につけるのです。大工ならば、手入れして研《と》いでおいたノミやカンナの使い方に習熟《しゅうじゅく》する訓練をすることです。そのときに配慮《はいりょ》するポイントは、「いつ使うのか」という使い時を理解《りかい》することです。

木を切るのにカンナを持っていっても仕方ありません。木を切るにはノコギリでなくてはいけないのです。定理や公式は目的に適《てき》した使い方をして初めて役に立つのです。

生徒にもよく言うのですが、「知っていることと、できることは違《ちが》う」のです。喩《たと》えて言うなら、左手にノミを、右手にゲンノウを持って、ゲンノウでノミを叩《たた》いて木を削《けず》るということを知識《ちしき》として持っていても、それができるかどうかは別問題であり、それは訓練によってしかできるようにはなりません。数学も同様に、目の前の問題を解《と》くのに必要な知識は持っていても、その知識を使う術《すべ》を知らなければ答えを導《みちび》き出すことはできません。持っている知識を動員して問題を解く方法を「解法《かいほう》」と言いますが、多くの解法をマスターするには、

★より多くの問題に当たって訓練する

しか道はありません。問題を解くアイデア＝解法は、既知《きち》の知識なしに生まれてくることは決してないし、そして、アイデアが出るまでの時間を短くする方法は、訓練しかないのです。

まとめると、私《わたし》の勉強法はいたって平凡《へいぼん》なものです。

①どうしても知っておかなければならない知識は必ず吸収《きゅうしゅう》する

②その知識を使う訓練を徹底的《てっていてき》に行う

この二点に尽《つ》きます。

さらに、試験の数学にはもう一つ、時間という制約《せいやく》があります。この制約にどう対処《たいしょ》するかも大きな課題になります。問題を見て解法《かいほう》が思い浮《う》かび、必要となる知識《ちしき》もあって、後は解《と》くだけという状態《じょうたい》でも、時間がなくて最後までたどり着けないということも、しばしば起こります。こういう事態《じたい》を避《さ》ける一番手っとり早い方法は、とにかく計算を早くすることですから、私《わたし》は、

★毎朝、必ず簡単《かんたん》な基礎《きそ》計算を五分から十分行う

という習慣《しゅうかん》を身につけ、計算力の維持《いじ》・強化に努めていました。起き抜《ぬ》けの毎日たった十分でも、これは基礎学力を養うのに役立っていたと思います。

学習が進んで、実際《じっさい》の入学試験を想定した問題にチャレンジする段階《だんかい》になったら、

★問題を見て、最低十分間は手を動かして考える

という方法を励行《れいこう》しました。すぐに解こうと焦《あせ》って試行錯誤《しこうさくご》を繰《く》り返すようなことはせず、手で数式を書きながら、解法をじっくり十分間考えるのです。十分間考えて分からなければ、実際の入試ではここでこの問題に見切りをつけることになりますが、受験勉強では、ここで解答を見ることになります。そこに書かれている発想や論理構造《ろんりこうぞう》を理解《りかい》して、自分が解けなかった原因《げんいん》は「知識不足」なのか「解法能力《のうりょく》不足」なのかを吟味《ぎんみ》し、その解法を知識や経験《けいけん》として蓄《たくわ》えていくのです。

「十分間考える」ことの利点は、このことによって未知の問題を解こうという姿勢《しせい》が整い、対処能力が高められ、持っている知識を自由自在《じざい》に使いこなす発想力が活発になることです。

この方法を繰り返していくと、いずれ「そうか、こう考えればいいのか」と思う瞬間《しゅんかん》に出会います。この出会いこそ、数学を学ぶ面白《おもしろ》さなのです。

そして、この勉強法で多くの問題をこなしていくうちに、解法には、ある程《てい》度《ど》パターンがあるのだということが分かってきます。これが分かるようになれば、成績《せいせき》は飛躍的《ひやくてき》に伸《の》びるのです。

最後に、数学の参考書の選び方ですが、私《わたし》は自分で何種類も比較《ひかく》しながら、じっくり選びました。その結果、何冊《なんさつ》も手元に置くことはせず、

★参考書は惚《ほ》れた一冊を完璧《かんぺき》にこなせるようになるまで使い切る

ことにしました。その一冊を何度も反復《はんぷく》しながら、漆《うるし》を塗《ぬ》るように仕上げていったのです。惚れた一冊が仕上がった後に、別の参考書に手を伸ばすのは悪いことではないかもしれませんが、まずは一冊を完璧に仕上げることが向上の近道だと思います。

理科の学習方法

理科は物理、化学、生物、地学と間口が広く、科目によって勉強法が異《こと》なりますが、ここでは物理を例にとってお話しします。

物理の問題を解《と》く方法には、大きく分けて二つあります。

①定義《ていぎ》や法則《ほうそく》を厳密《げんみつ》に理解《りかい》し、物理学として体系的《たいけいてき》に理解した上で問題を解く方法

②公式や解法《かいほう》のパターンを丸暗記して、これを当てはめて解く方法

の二つです。それぞれの長所、短所は、

①物理学を体系的に理解していれば、どんな問題でも同じ考え（法則）から出発して、同じ手順で解けるようになるのが長所。短所は、厳密に理解するには思考力を要するので大変だ、という点

②物理学を深く理解していなくても問題を解けるところが長所。しかし、覚えるべき解法やパターンの数は膨大《ぼうだい》な上、未知の問題に出くわしたときには対応《たいおう》できないし、記述式《きじゅつしき》の問題にも歯が立たない

受験技術《ぎじゅつ》としてはそれぞれ長短がありますが、いくら受験とはいえ、やはり物理学を本当に学びたいと思っている受験生のほうが正統派《せいとうは》でしょうから、こ

ここでは①の場合の学習方法について語ります。

まず初めに、物理を学ぶ姿勢《しせい》の話からします。

物理を本当に理解《りかい》するとは、どういうことなのか。物理を学ぶ上で欠かせない現象《げんしょう》や法則《ほうそく》を自分はどの程度《ていど》本当に理解しているのか。それを判断《はんだん》する基準《きじゅん》は、

★他人《ひと》に説明できるようになって、初めて、自分が理解していることが分かる

というものです。

「他人に説明できて、初めて、その知識《ちしき》が本物であることが証明《しょうめい》される」というのは、物理学に限《かぎ》らず、あらゆる分野で共通する常識《じょうしき》といえますが、殊《こと》に物理学は言葉や法則の定義《ていぎ》が厳密《げんみつ》なので、少しでも疑問《ぎもん》のあるものを、あやふやにしたまま先へ進むと、他人に説明できない事態《じたい》に立ち至《いた》ってしまうのです。

では、具体的な勉強法に入りましょう。

高校で習う物理には、力学、熱力学、電磁気学《でんじき》、原子物理など、いくつかのジャンルがありますが、どのジャンルでも絶対《ぜったい》に重要なことといえば、

★現象を的確《てきかく》に図で表す

という作業です。

図式化するということは、図を使って物理法則の方程式《ほうていしき》や、問題の条件《じょうけん》を、直観的に理解しやすい形に置き換《か》えることを意味します。イメージ化ですね。物理では、このイメージを持つことがとても大切なのです。

図式化することの利点は、地図を考えれば明らかでしょう。地図には地形から道路、交通網《こうつうもう》などがまとめて記されていますから、現在地《げんざいち》から目的地への経路《けいろ》を調べるには、図をたどるだけで済《す》みます。これを言葉で説明したり、座標《ざひょう》を用いて数字で表したりしたら、とても混乱《こんらん》してなかなか理解できないでしょう。

物理でも、この手法が役立ちます。問題を図式化して、多くの情報《じょうほう》をシンプルな形で表すことで、どんな手順で解《と》けばいいのかも見えてくるようになります。

では、現象《げんしょう》の図式化とは、どのようにすればいいのでしょうか。それは、具体的な形として現象の模式図《もしきず》を描《か》くことです。

・どんな形の
・重さがどのくらいの物体が
・どのような状態《じょうたい》で置かれ
・どんな力を受けているか

を忠実《ちゅうじつ》に図に表すのです。

図式化が有効《ゆうこう》なのは、物理現象だけではありません。物理の概念《がいねん》や法則《ほうそく》は、さまざまな現象を数式や言葉でまとめたものですが、これらは抽象的《ちゅうしょうてき》なものが多く、実感が湧《わ》かないことがよくあります。この場合にも、図式化することでイメージが持てるようになることがあります。そして、一度納得《なっとく》できた法則や概念は、逆《ぎゃく》に簡単《かんたん》に抽象化したり一般化《いっぱんか》したりできるものです。この考えが身につくと、具体的な問題への対応《たいおう》が可能《かのう》になり、ほんの少しの知識《ちしき》で正解《せいかい》を導《みちび》くことができるようになります。

初めはこのやり方よりも、各法則を公式として暗記したものを使って、当てはめながら解く方法のほうが簡単に感じるかもしれませんが、初心者の段階《だんかい》から積極的に図式化する習慣《しゅうかん》をつけておくと、その後の勉強速度が格段《かくだん》に速まります。また、図が正確《せいかく》に描けるようになると、確実《かくじつ》に正解率《りつ》も上がり、同時に物理の言葉の意味が正確に理解《りかい》できるようになってきます。ぜひ試《ため》してみて下さい。

図式化の訓練としては、多くの問題に当たりながら、そのつど図に表す練習をする以外に方法はありません。しかし、初めから難《むずか》しい問題に当たる必要はなく、図を描《か》くことに慣《な》れるために、薄《うす》い問題集を一通りやってから、次に本命とする本に取りかかれば効率的《こうりつてき》です。私《わたし》の場合は、初めの一冊《さつ》目はステップアップ式の問題集を使用し、その次に本命の本に添《そ》って学習を進めました。結局は、この本と、過去《かこ》問題以外はほとんどやりませんでした。概念《がいねん》や法則《ほうそく》の意味を十分に理解《りかい》すれば、受験にはそれで対応《たいおう》できるのです。

次は、必要となる物理公式について。数学の場合と同じく、公式は完璧《かんぺき》に暗記しておかなければなりませんが、私は暗記だけに頼《たよ》らず、

★公式は自分で導《みちび》き出す

ように心がけました。ある程度《ていど》理解が進むと、暗記するより、物理的な考え方から導き出すほうが楽になります。それに、自分で導き出した公式は、物理体系《たいけい》の中での位置づけができているので、しっかりと身につきます。現在《げんざい》の高校物理の教科書は微《び》分《ぶん》積分を使わないで説明されているため、公式は天下り的に与《あた》えられていますが、微分積分を使えば楽に導き出すことができますし、そ

れが本来の物理学の姿《すがた》なのです。微分積分を学習した人は、ぜひ活用して下さい。

演習《えんしゅう》では、数学と同じで、

★解《と》けないときは何が原因《げんいん》で解けなかったのかを必ず吟味《ぎんみ》することが欠かせません。

・物理的な知識《ちしき》不足なのか
・解法《かいほう》テクニックの未熟《みじゅく》さなのか
・法則や概念の誤解《ごかい》なのか

必ず自己分析《じこぶんせき》して、やりっ放しにはしないことです。もちろん、初めから何もかも完璧に進むことはありえませんが、全体の理解が深まったときに、急に分かるようになることもあります。理解が不十分なときは解説をよく読み、それを覚えるのではなく、理解するように努めて下さい。そして、理解の深まった後に、

★二度、三度と解《と》き直す

ことで、何が重要なのかが分かるようになります。この方法は一見、時間がかかって大変なように思われますが、一度理解《りかい》してしまうと、その後がとても楽になり、また楽しくなります。そうなると飛躍的《ひやくてき》に物理ができるようになり、かつ面白《おもしろ》くなってきます。

国語の学習方法

私《わたし》が受験した五教科の中で、国語と社会の二教科はセンター試験のみでした。当然、二次試験まである数学、理科、英語とは設定《せってい》したハードルの高さも違《ちが》えば、勉強法も異《こと》なってきます。

特に意識《いしき》したのは、マークシート方式でした。マークシートで解答《かいとう》するということは、記述《きじゅつ》の必要がなく、複数《ふくすう》ある選択肢《せんたくし》の中から正解《せいかい》を読み解く力があれば点につながるということです。つまり正解を導《みちび》く方法として、消去法や確《かく》率的《りってき》な選択が可能《かのう》であり、少なくとも解答権《けん》だけは与《あた》えられているわけです。

そこで勉強法も、初めからマークシートを意識して取り組みました。

国語は大きく分けて現代《げんだい》文、古文、漢文の三種類です。

現代文については、私は中学生のときに横溝正史を愛読したおかげで、文章を読み取る力は多少ありました。そのため、それ以降《いこう》も、小説やエッセイなど、わりといろいろなものを読んでいました。

また、音楽を志《こころざ》していたころに、必死になって作詞《さくし》に取り組んでいたことも、国語力をつけるのに大きなプラスになっていたと思います。作詞というものは、単に綺麗《きれい》な言葉を並《なら》べただけのものではなく、自分の今の気持ちをいかなる言葉で表現《ひょうげん》すれば相手に最もよく伝わるか、その術《すべ》を磨《みが》かねばなりません。表現とは、受け手の側の反応《はんのう》を推《お》し量りながら築《きず》いていく行為《こうい》ですから、逆《ぎゃく》に考えれば、「書く」ということが「読む」という作業を大きく助けるものなのです。

こういう経緯《けいい》から、現代文はほとんど勉強しなくても、そこそこの点数を取ることはできていました。従《したが》って、勉強の内容《ないよう》はセンター試験の過去《かこ》問題を解《と》くことを中心に行い、すぐに理解《りかい》しきれない部分については、少し時間を取って調べたり考えたりしていました。

思うに、現代《げんだい》文の理解力というのは、全《すべ》ての教科について絶対《ぜったい》に必要になるものです。極端《きょくたん》な例を挙げれば、数学の問題を解こうと思っても、問題文が読み取れなかったら、何を聞かれているのか知ることができません。何を聞かれているのか分からなければ、何を答えればいいのかも分かりません。社会でも理科でも、どんな教科であれ、どんな文章であれ、「読む力」がなければ理解することは不可能《ふかのう》であり、先に進むことができないのです。

私《わたし》の数学の授業《じゅぎょう》で、こんなことがありました。

「この交点から垂線《すいせん》を引いて、この直線と交わる点が……」

と説明していると、一人の生徒が、

「先生、交点って何ですか、垂線って何ですか」

と質問《しつもん》してきました。間髪《かんはつ》を容《い》れぬ素早《すばや》い反応《はんのう》でした。もちろん私は丁寧《ていねい》に説明してやりましたが、むしろ、先生の話に割《わ》って入ってでも、分からないことを聞こうとしたこの生徒の勇気に感心しました。怖《こわ》いのは、分からないことを、そのままやり過《す》ごす姿勢《しせい》です。もし、この生徒が「交点」「垂線」という言葉の意味を知らないままにしていたら、この先「交点」「垂線」という言葉が出てくる問題は全てチンプンカンプンでしかなくなり、やがて、かつての私のように数学嫌《ぎら》いにならないとも限《かぎ》りません。国語で数学につまずくことになってしまうのです。このように、読解力《どっかいりょく》は全ての教科の基礎《きそ》となるのです。

では、この読む力はどのようにして身につくものなのでしょうか。それは、

★多くの文章を考えながら読む

という地味な方法でしかありません。もちろん、エッセイでも社説でも小説でも構《かま》いません。興味《きょうみ》のあるものから読み解く訓練を始めればいいのです。

それに併《あわ》せて、自分の気持ちを文章にする作業を組み合わせると、効果《こうか》は倍《ばい》

増《ぞう》します。日記でも詩でも感想文でも、ジャンルは何でも構《かま》いません。自分の気持ちを文章にするのです。それも漫然《まんぜん》とではなく、自分が一番しっくりくる言葉を選びながら進めるのです。

例えば、好きな人にラブレターを書くときには、どうすれば相手の心を動かせるのか考えながら書くと思いますが、それと同じです。気持ちを言葉にする訓練をするのです。そうすることで、今度は文章を読むとき、文章に隠《かく》れている書き手の気持ちや、登場人物の心が見えてくるようになるのです。

中には、どうしてもいきなり活字と向き合うのは苦手という人もいるでしょう。そういう人はどうしたらいいでしょう。

★活字アレルギーの人は、マンガから入っていくのも有効《ゆうこう》な手段《しゅだん》といえます。エッセイや小説は活字だけで表現《ひょうげん》された世界ですが、マンガは大部分が絵で表現された世界です。マンガの絵は、主人公の表情《ひょうじょう》や状況《じょうきょう》、背景《はいけい》など、セリフ以外のほとんどの情報《じょうほう》が含《ふく》まれて成り立っています。

マンガを読み慣《な》れた人は、これらの情報を感覚的につかんで一気に読み通してしまうものですが、国語の入門には、もっとスローな読み方が要求されます。意識的《いしきてき》に絵の細部にまで目を配り、「ワルの表情というのは目と眉《まゆ》がくっついていて、黒目が上付きなんだ」「背景の校舎《こうしゃ》に夕日がかかっている」「この広場の絵には観光客が百人以上いて、半分が家族連れだ」などと、絵で表現された情報を言葉に置き直してみるのです。

これに慣れたら、次に、読みやすい文章を読んで、活字からの情報だけで、頭の中に用意したキャンバスに、登場人物や背景、状況などを描《えが》いていくのです。マンガを読んだときの作業と逆《ぎゃく》の操作《そうさ》を行うのです。活字を読み解《と》くには想像力《そうぞうりょく》が必要ですが、こうして活字をイメージに置き換《か》えることで、想像力も養われます。

これに慣れれば、もう活字を怖《こわ》がることもないでしょう。ポエム、短詩、ショートショート、短編《たんぺん》小説、社説へと進んでいけばいいのです。ちなみに私《わたし》は、ポエムや短詩ではゲーテや茨木《いばらぎ》のり子、相田《あいだ》みつをなどを好み、ショートショートでは星新一《ほししんいち》、小説では横溝正史がお気に入りでした。

次に、古文と漢文。

この二つを攻略《こうりゃく》するには、基本的《きほんてき》な読解《どっかい》ルールや単語は絶対《ぜったい》に覚えなければなりません。「やんごとなき」という単語の意味や、漢文の「返り点」を知らなければ、始まらないでしょう。私《わたし》の場合は、そのために必要と思う参考書を一冊《さつ》ずつ読み通し、あとは過去《かこ》問題をひたすら解《と》いていました。

しかし、この臨戦態勢《りんせんたいせい》に入る前の、準備《じゅんび》期間の勉強法として私が採用《さいよう》していたのは、やはりマンガでした。

★古文や漢文にもマンガは有効《ゆうこう》なのです。日本史や世界史について描《えが》かれているマンガは各種ありますが、同様に、古文や漢文をマンガにしたものもあるのです。有名なところでは、源《げん》氏《じ》物語をマンガにした『あさきゆめみし』があり、私もこれを愛読しました。

これに限《かぎ》らず、探《さが》せばまだたくさんあると思います。古文や漢文の勉強にマンガを使うのは、まずは古文や漢文の話の流れに慣《な》れることが第一の目的です。〈いづれの御時《おほんとき》にか、女御更衣《にょうごかうい》あまた侍《さぶら》ひ給《たま》ひける中に……〉と、一行目から単語の意味を調べながら解釈《かいしゃく》していくのは砂《すな》を噛《か》むような作業です。まず物語全体の構図《こうず》が分かってしまえば、一行一行がずっと身近に感じられるはずです。また、古文や漢文は、いずれも昔に書かれた書物ですから、当時の常識《じょうしき》や風潮《ふうちょう》や考え方に触《ふ》れるにも、マンガは最適《さいてき》な教材といえます。まとめると、古文、漢文はマンガから入ることにして、その時代の雰囲気《ふんいき》を感じ取りながら登場人物の気持ちを探《さぐ》る。そして必要となる知識《ちしき》を蓄《たくわ》えながら、並行《へいこう》して問題に当たっていく、というスタイルが私の勉強法でした。

社会の学習方法

社会科は歴史、地理、倫理《りんり》政経《せいけい》の三科目ですが、私は倫理政経を選択《せんたく》しました。

社会科は苦手であるものの、時間をかけて取り組む余裕《よゆう》がありません。そこで、社会は一日に二時間だけ勉強する、と時間制限《せいげん》を設《もう》けました。このように時間を切ることで、「この時間しか勉強できないから、しっかりやろう」と集中力を高めるように意識《いしき》したのです。

教材は、

・教科書的参考書
・センター試験向け問題集
・センター試験過去《かこ》問題

各一冊《さつ》の三冊にしか手をつけませんでした。

まずは参考書を一通り読みました。小説でも読むように、これから勉強する内容《ないよう》にざっと目を通し、少々分からなくても気にすることなく保留《ほりゅう》にして進みました。

次に、センター試験向けの問題集を解《と》いていきました。どこが狙《ねら》いなのか、何を知らなくてはいけないのか、問題を分析《ぶんせき》しながら丁寧《ていねい》に解いていきました。分からないところは、参考書を見ます。ここで、参考書の読み方についてちょっと触《ふ》れておきますと、教科書や参考書を読むとき、私《わたし》は、

★教科書や参考書にアンダーラインを引くな

を鉄則《てっそく》にしています。理由は、どれが大切なのかよく分からない段階《だんかい》で、やたらに線を引いても、勉強をした気持ちになるだけで、学力として身についた例《ため》しがないからです。もし、どうしても線を引きたいときには、同じ内容をページの余白《よはく》に書き足すようにしていました。このほうがまだ効果《こうか》がありました。問題集を選ぶ段階で、使うと決めた参考書と同じ章立てに並《なら》んでいるものを選択《せんたく》したので、内容の理解《りかい》と、問題の解き方とを、無理なく同時に進めていくことができました。

数字的な暗記ものについては、やはり語呂《ごろ》合わせをしました。暗記もの全般《ぜんぱん》

に言えることですが、人間は無意味な言葉や数字を覚えることに苦痛《くつう》を感じます。そして忘《わす》れるのも早いものです。そこで、なるべく意味を持たせて、ストーリー性《せい》をつけて覚えるほうが効果的《こうかてき》でした。受験生によく知られた有名な語呂《ごろ》合わせもありますが、私《わたし》は、ほとんどは、

★暗記ものは自分で考えた語呂合わせで覚える

ようにしていました。ひとつだけ具体例を挙げれば、例えば参議院議員の任《にん》期《き》は六年で三年おきに半数を改選し、解散《かいさん》はない、また衆議院《しゅうぎいん》議員の任期は四年で解散があるという内容を覚えるのに、小学校から中学・高校・大学へ通う年数をイメージして、〈六・参・三で修士《しゅうし》（衆四）あり〉と覚えておけば、これを切っ掛《か》けにして記憶《きおく》をたどることができます。こうすることで、発想と記憶の二つで脳《のう》を刺激《しげき》し、より定着率《ていちゃくりつ》を高めようと考えたのです。

今の数学の授業《じゅぎょう》でも生徒に、

「どうしても公式が覚えられない人は、自分で語呂合わせを作って覚えなさい。

そうすれば忘れないから。ためしにやってごらん」

と言っています。もちろん全員が完璧《かんぺき》に覚えるわけではありませんが、多くの生徒には効果《こうか》があります。

社会は苦手な割《わり》には、参考書や問題集を絞《しぼ》り込《こ》んで選択《せんたく》したので、無駄《むだ》なく勉強できたと思っています。

英語の学習方法

私は英語が苦手です。それは今でも変わりません。だから、私の英語の受験勉強は、むしろ失敗談に属《ぞく》するのではないかと思いますが、反面教師《きょうし》の役回りでも果たせたらと、当時の悪戦苦闘《あくせんくとう》ぶりを、ここに紹介《しょうかい》します。

私が受験勉強を通じて得た〝受験格言《かくげん》〟の一つに、

★苦手な科目ほど参考書をたくさん持ってしまう

というのがあります。苦手であるがゆえに不安も大きく、これを埋《う》め合わせようと、少しでも「いいな」と感じると、それを買わずにはいられなくなるのです。

私《わたし》の英語が、まさにそれでした。数学や理科のように一冊《さつ》を徹底的《てっていてき》にやり抜《ぬ》くという方法を取れなかったのです。今から考えれば、やはり、まずは一冊を完璧《かんぺき》に終わらせて自信をつけてから次に進んだほうが、遠回りなようでも近道だったのではないかと思いますが、当時は五里霧中《ごりむちゅう》で、方向性《ほうこうせい》が定まらなかったのです。それに、数ある受験参考書の中でも、英語の参考書ほど多種多様な本が出ている教科はありません。つい、これも、あれもと手を出してしまう。

その結果は、「これだ」という本に巡《めぐ》り合うこともなく、どの参考書も「やり切った」という達成感も持てず、中途半端《ちゅうとはんぱ》で終わってしまったのです。

それでも参考までに、当時の学習方法や、心がけていたことをお話しします。

私にとって英語は、暗記する量が膨大《ぼうだい》であり、どこにゴールがあるのかまるで見えてきませんでした。それは、私が設定《せってい》した最終目標の名古屋大学合格《ごうかく》というレベルが高すぎて、実力から大きくかけ離《はな》れていたことに原因《げんいん》がありました。

もし今、同じことをやるとしたら、目標を二つにします。一つは最終目標で、もう一つは段階《だんかい》目標です。当時は、いきなり最終目標を目指して走り出していたので、自分がどこにいるのかも分からないほどでしたが、最終目標を達成するためにも、きめ細かい段階目標を持つべきだったのです。段階を踏《ふ》んでステップアップしていく目標を設定し実行していけば、実力は着実にアップしていたはずです。

その段階目標は、例えば、

・教科書に出てくる単語だけは全部読めるようにする
・教科書に出てくる単語を全部書けるようにする
・教科書に出てくる熟語《じゅくご》を全部覚える

・教科書で使われている構文《こうぶん》を全部覚える
・覚えた知識《ちしき》で英作文を書く

というように、より具体的であればあるほど、今すべき課題が明確《めいかく》になり、集中できるものです。このように段階《だんかい》目標を小刻《こきざ》みに設定《せってい》して進んでいけば、小刻みであっても達成感が得られます。達成感があると充実感《じゅうじつかん》が生まれ、充実感があると、やる気も出てくるものです。

しかし当時の私《わたし》は、こういう効果的《こうかてき》な勉強法は思いつきもしませんでした。勉強を始めた当初は、まず何から始めればいいのか皆目《かいもく》分からないので、とにかく入試に出てくるような英文を読んでみることにしました。ところが英文を読もうにも、一つの文に知らない単語が山ほどあり、まったく意味不明なのです。当たり前でしょう、少林寺拳法《けんぽう》の基本《きほん》動作も知らない者が、いきなり試合に出たようなものなのですから。それでもとりあえず、知らない単語を辞書で一つひとつ調べて、ようやく単語の意味だけは知ることができましたが、熟《じゅく》語《ご》や構文を知らないので、文脈をとらえることができません。こんなことで時間だけが過《す》ぎてゆき、行き当たりばったりの勉強法では駄目《だめ》だと実感しました。

「俺《おれ》はまだ、英語の入試問題の傾向《けいこう》と対策《たいさく》を考えるほどのレベルには、とうてい達していないのだ」

そこで、初歩から再挑戦《さいちょうせん》することにし、それにはまず、単語の暗記が最優先《さいゆうせん》だと判断《はんだん》しました。

当時、定時制《ていじせい》の英語の先生が、

「知らない単語が出てきたら、前後の文脈から推測《すいそく》するのだ」

とアドバイスしてくれましたが、前後の文脈にも知らない単語ばかりが並《なら》んでいる私としては、全くお手上げです。とにかくまず、単語の暗記こそが英語攻略《こうりゃく》の第一歩なのでした。中学のときにｂｏｏｋの一語しか知らなかったツケが、このとき回ってきたわけです。

しかし、物理の定理や公式と違《ちが》って、英単語の数は膨大《ぼうだい》です。英和辞書などはよく「×万語収録《しゅうろく》」と謳《うた》っていますが、受験生はそのうちの、どの範囲《はんい》まで暗記すればいいのでしょうか、まるで分かりません。それこそ、ゴールの見えてこないレースに出場するような気分です。

それで私《わたし》は、割《わ》り切ることにしました。

手元にあったポケットサイズの英単語本と英熟語《じゅくご》本に載《の》っているものは覚えるが、それ以外の単語、熟語に関しては知らなくても良し、と決めたのです。逆《ぎゃく》に、この単語本に載っている単語を全《すべ》て知っていれば、先生の言った前後の文脈から知らない単語を推測《すいそく》することができると信じることにしました。

そう決めてからは、ぶ厚《あつ》い辞書をほとんど使わずに、この単語本を辞書代わりに使い、調べても載っていない単語については、こだわらないことにしました。

限界《げんかい》を決めると、気持ちが楽になるものです。この単語本に載っていない単語は知らなくてもいい、とする勇気を持つことで、気持ちをうまく切り換《か》えることができました。この方法にしてからは、辞書を引くより早く受験に必要な最小限の知識《ちしき》を得ることができ、スムーズに勉強を進められるようになりました。

賛否両論《さんぴりょうろん》はあると思いますが、私には向いているやり方だったのです。

では、単語や熟語を効果的《こうかてき》に暗記するには、どういう手法を取ればいいのでしょうか。ここで私の持論《じろん》を言わせてもらえば、

★暗記もののポイントは、忘《わす》れないうちに思い出す

という単純《たんじゅん》な頭脳《ずのう》作業です。人は忘れる生き物であり、忘れて当たり前なのです。もっとはっきり言えば、脳は初めから忘れる機能《きのう》を備《そな》えているのです。

だから、

「自分は何かを覚えてもすぐに忘れるから駄目《だめ》だ」

と思っている人がいたら、

「忘れて当たり前、だから、忘れないうちに思い出すようにしよう」

そう思い直して下さい。

記憶《きおく》とは、繰《く》り返しなのです。

だって、キャッシュカードの暗証《あんしょう》番号にいまだに自宅《じたく》の電話番号を使っている人が後を絶《た》たないのは、それを日常的《にちじょうてき》に利用しているから忘《わす》れる心配がないと思っているからでしょう。私《わたし》の場合で言えば、中学まで漢字で書けるのは自分の名前だけだったということは、その漢字だけはほかの漢字に比《くら》べて思い出す回数が圧倒的《あっとうてき》に多いので、脳《のう》に染《し》みついてしまったというだけのことです。

つまり、一度覚えたものを思い出す努力を怠《おこた》らないようにすることが、うまく暗記するコツなのです。

思い出す努力は勉強の中でも最も地味な作業ですが、学習の根底を支《ささ》える最も重要な部分です。必ず勉強のスケジュールの中に盛《も》り込《こ》んで下さい。自分の名前が漢字で書ければ、受験に必要な知識《ちしき》を身につける能力《のうりょく》はある、ということです。これから進学を目指す人は、ぜひ諦《あきら》めないで下さい。

暗記をするという作業は、とかく単調で退屈《たいくつ》なものです。そこで飽《あ》きがこないように、いろいろ工夫《くふう》しました。「書いて覚える」「歩きながら覚える」「たまには空を見ながら屋外で覚える」などと環境《かんきょう》や方法を変えて新しい刺激《しげき》を加えるのも効果《こうか》がありました。

また、熟語《じゅくご》や構文《こうぶん》などは、本に載《の》っている例文をそのまま覚えるのではなく、自分の好きな内容《ないよう》で自分で作ったもので暗記すると覚えやすくなります。私の場合は、科学に関する内容に置き換《か》えて覚えるようにしていましたが、人によっては、好きな人や恋愛《れんあい》に関する内容にしたり、スポーツやテレビ番組に関するものに置き換えたりすると効果的な場合もあるでしょう。

このように自分で作り変えることは、英作文の練習にもなり、積極的に英語で何かを説明しようとする姿勢《しせい》を養ってくれます。一つの熟語や構文を使ってさまざまな状況《じょうきょう》を想定し、この場合にはこう使える、このときにはこう使えばいいだろうと、想像力《そうぞうりょく》を駆使《くし》して応用《おうよう》していけば、まさに生きた英語として身につくことになります。

最後に、これは英語に限《かぎ》ったことではありませんが、もう一つ私《わたし》が心がけていたのは、

★勉強時間にメリハリをつける

ということでした。私は一週間に決めただけの時間数の勉強ができたときは、ご褒美《ほうび》として、レンタルビデオで映画《えいが》を見ることを自分に許《ゆる》していました。週に一度の息抜《いきぬ》きです。このように、身近な目標や段階《だんかい》目標を成し遂《と》げたときは自分へご褒美をあげるというのも良い方法だと思います。やるだけのことをやったら、この日のこの時間はリフレッシュタイムと決めて、伸《の》び伸びすることも必要です。

締《し》めくくりに、受験戦略《せんりやく》についてお話しします。

私の場合は、進学したい大学や学部が明確《めいかく》だったので、徹底的《てっていてき》に傾向《けいこう》と対策《たいさく》を研究しました。過去《かこ》問題を分析《ぶんせき》し、どのような系統《けいとう》の問題がどんな形で出題されているか、七割《わり》取るにはどうすればいいか、そればかり考えていました。ある程度《ていど》の基礎《きそ》知識《ちしき》は、どこに進学するにしても必要となりますが、ターゲットを絞《しぼ》って目標とするところに合格《ごうかく》するためには、特徴《とくちょう》をとらえた学習を進めることが効果的《こうかてき》です。それを調べ、対策を立てることも、受験勉強に含《ふく》まれていると考えて下さい。

今から思えば、当時行っていた勉強法以外にも、さまざまな方法が思い浮《う》かびますが、とにかく、自分に適《てき》した方法をいち早く見つけることが成功へのカギとなります。

しかし、自分に向いており、そして効果のある方法を探《さが》すことは簡単《かんたん》ではありません。私が英語で長期にわたりさまざまな試行錯誤《しこうさくご》を繰《く》り返したのが、そのいい例です。この方法で勉強すれば絶対《ぜったい》に間違《まちが》いないというものはないでしょう。受験生の方は志《こころざし》を持って、恐《おそ》れずに試行錯誤《しこうさくご》をして下さい。

あとがき

私《わたし》がこの本を書こうと思ったのは、現在《げんざい》、さまざまな思いで躓《つまず》いていたり、悩《なや》んでいたりする多くの人たちに少しでも役に立てないだろうかという素朴《そぼく》な思いからです。

思春期である多感な時期に、さまざまな悩みや苦しみと遭遇《そうぐう》することがあります。そんなときに「私の落ちこぼれ経験《けいけん》」が、何かのヒントになれば幸いです。

私は、人生でいろいろな壁《かべ》にぶち当たりました。いじめや落ちこぼれをはじめ、両親との死別や社会の荒波《あらなみ》、それらはとても厳《きび》しく辛《つら》いものでした。

そんな苦しい生活をしていても、社会のどん底で生活していても、「夢《ゆめ》」や「希望」を捨《す》てなければ幸せになれるチャンスはやってくることを知りました。

その一番のきっかけは、「人との出会い」でした。

そんな人との触《ふ》れ合いや出会いが今の私《わたし》を作っているのです。

これらの出会い無くして、今の自分を語る事はできません。

また、夢や希望を無くした人生を歩んでいたのならば、今とは掛《か》け離《はな》れた生活をしていたと確信《かくしん》しています。

私の人生で最も大きな意味を持つ出会いは、最愛の妻《つま》との出会いでした。それはどんな宝物《たからもの》を見つけるよりも難《むずか》しく、尊《とうと》いものです。

九九の言えない私を支《ささ》え、献身的《けんしんてき》に寄《よ》り添《そ》ってくれた妻、「小学三年のドリル」を勉強している私を励《はげ》ましてくれた妻、定時制《ていじせい》高校のパンフレットをもってきてくれた妻、彼女《かのじょ》の存在《そんざい》を除《のぞ》いて今の私はありません。

こんな言葉では言い表すことはできませんが、心より感謝《かんしゃ》しています。

「ほんとうに、ありがとう」

最後に、この本を読まれた皆様《みなさま》の人生がより充実《じゅうじつ》して素敵《すてき》なものになることを、心より願い、祈《いの》っています。

私にできることは何もありませんが、どうか、あなたの人生が素晴《すば》らしいものになりますように。

宮本延《まさ》春《はる》

本書は、平成十八年七月に小社より刊行された単行本を、文庫化したものです。

オール1の落《お》ちこぼれ、教師《きょうし》になる

宮《みや》本《もと》延《まさ》春《はる》

角川文庫　15803

平成二十一年七月二十五日　初版発行
平成二十四年六月二十五日　七版発行

発行者―井上伸一郎
発行所―株式会社角川書店
東京都千代田区富士見二―十三―三
電話・編集（〇三）三二三八―八五五五
〒一〇二―八〇七八
発売元―株式会社角川グループパブリッシング
東京都千代田区富士見二―十三―三
電話・営業（〇三）三二三八―八五二一
〒一〇二―八一七七
http://www.kadokawa.co.jp

印刷所―旭印刷　製本所―本間製本

装幀者―杉浦康平

定価はカバーに明記してあります。

み 34-1　ISBN978-4-04-394303-6　C0195